Hespéria

Romuald MALE

DU MÊME AUTEUR :

Dragalon

Dragalon Volume 2 : Le réveil des Sorcières

Dragalon Volume 3 : La revanche des Dragons

© 2024 Romuald Male
Édition : BoD · Books on Demand GmbH,
In de Tarpen 42, 22848 Norderstedt (Allemagne)
Impression : Libri Plureos GmbH,
Friedensallee 273, 22763 Hamburg (Allemagne)
ISBN : 978-2-3224-7855-2
Dépôt légal : Novembre 2024

« Le Code de la propriété intellectuelle et artistique n'autorisant, aux termes des alinéas 2 et 3 de l'article L.122-5, d'une part, que les « copies ou reproductions strictement réservées à l'usage privé du copiste et non destinées à une utilisation collective » et, d'autre part, que les analyses et les courtes citations dans un but d'exemple et d'illustration, « toute représentation ou reproduction intégrale, ou partielle, faite sans le consentement de l'auteur ou de ses ayants droit ou ayants cause, est illicite » (alinéa 1er de l'article L. 122-4). Cette représentation ou reproduction, par quelque procédé que ce soit, constituerait donc une contrefaçon sanctionnée par les articles 425 et suivants du Code pénal.

*Les légendes les plus incroyables bercent l'humanité depuis l'aube des temps,
Mais il y en a une qui est restée secrète,
Jusqu'à aujourd'hui...*

CHAPITRE 1
UN DESTIN BRISÉ

Sous le ciel éclatant de l'antiquité, aux abords de la cité légendaire de Sparte, s'étendait un paysage d'une majesté indescriptible. Les collines ondulantes, parées d'un manteau d'oliviers argentés, se dressaient fièrement comme des gardiennes immuables de la terre. Le souffle du vent méditerranéen transportait le parfum enivrant des herbes sauvages, ajoutant une touche mystique à cette scène éternelle. La mer Égée s'étendait à perte de vue à l'opposé des collines, offrant un spectacle saisissant et inspirant pour les plus grands aventuriers et poètes de leur époque. À l'horizon, les montagnes imposantes du Taygète semblaient toucher le firmament, veillant silencieusement sur la région. Le soleil d'or, tel un char céleste, lançait ses rayons ardents sur les plaines fertiles, révélant la symphonie chatoyante des champs de blé d'or qui ondulaient comme une mer éternelle. Des échos de batailles épiques et de poésie antique semblaient flotter dans l'air, imprégnant chaque recoin de l'atmosphère. Les vestiges d'une époque héroïque, où les dieux et les mortels se croisaient, semblaient se matérialiser à chaque brise.

Au cœur de cette toile mythique, à l'orée d'une clairière baignée de lumière, se dressait une bâtisse délabrée en bois. Les planches usées par le temps et la négligence semblaient raconter des histoires oubliées. Il était difficile d'imaginer une personne vivant en ce lieu, éloigné et oublié, laissé dans un état pitoyable.

La porte en bois de la bâtisse s'ouvrit lentement avec difficulté, laissant un crissement capable de réveiller n'importe qui. Une silhouette s'apprêtait à être baigné dans la lumière du soleil. Une jeune femme vêtue d'un haillon de ce qu'était auparavant une toge se dressait piteusement sur ses épaules. Cette citoyenne spartiate se prénommait Hespéria. Du haut de ses dix-huit ans, elle était une figure intrigante vivant aux abords de la ville de Sparte. Son nom évoque les crépuscules dorés et les étoiles lointaines, mais sa personnalité est loin de refléter cette douceur céleste. Avec ses longs cheveux noirs, elle incarne un contraste saisissant entre la beauté sombre de sa chevelure et la noirceur de son âme.

Physiquement, elle est d'une finesse presque fragile, presque comme une ombre qui se faufile entre les rayons du soleil. Sa toge, autrefois peut-être blanche et élégante, est désormais sale et débraillée, marquée par les signes évidents de sa pauvreté. Mais ce sont ses yeux, des orbes sombres et profonds, qui captent l'attention. Ils révèlent une arrogance démesurée, une assurance qui défie toute raison.

Son caractère est abject, empreint d'un mépris pour le monde qui l'entoure. Elle aspire à des désirs impossibles à réaliser, alimentés par une vanité démesurée. Néanmoins, elle avait un besoin de reconnaissance, une envie de prouver sa valeur et ceux aux mépris de toute logique. Malgré son jeune âge, elle porte une réputation désastreuse. Les murmures et les ragots la suivent comme une ombre persistante, alimentant sa fierté mal placée et sa conviction de supériorité.

Après quelques mètres, elle s'assied sur le sol d'une manière peu féminine, avec une nonchalance qui lui était coutumière. Elle s'étira en laissant s'échapper un bâillement grossier et puissant.

Une autre femme sortie à son tour de la bâtisse, se frottant encore les yeux avec sa main droite et se parant du soleil et de ses rayons éblouissants avec son avant-bras gauche. Elle arriva lentement au niveau de la jeune femme et en profita pour lancer la première conversation de la journée.

— Tu es bien matinale ma fille, mal dormie ?

Hespéria ne réagit pas et n'accorda aucune attention à celle qui venait lui faire la conversation.

— Une fois de plus, je te retrouve assise, le regard vide… Un jour il te faudra accepter d'être celle que tu es.

— Accepter ? Que dois-je accepter ? Vivre dans cette cabane pourrie ? Je suis une guerrière et j'attends juste ma chance, que l'on me considère avec respect. Tout l'inverse de toi Briséis, la mère ratée !

— Encore cette vieille rengaine et ces insultes… Déplora sa mère qui n'arrivait plus à comprendre sa fille. Tu es une jeune femme, pas un soldat ! Je te rappelle au cas où, que tu n'as pas fait l'Agogé, ce qui est obligatoire et naturel pour un jeune garçon spartiate.
— Baliverne ! Je leur montrerai aux soldats à quel point je suis forte et redoutable. Je veux me tenir dans la phalange auprès du roi pour l'honneur de Sparte !
— Les dieux te montreront un beau jour le destin qu'ils t'ont réservé, tu en seras plus que surprise !
— Je me moque de ces fichus dieux ! Qu'ils restent en haut de leur montagne, je n'ai rien à apprendre d'eux et encore moins envie de connaître leurs exploits au travers de récits imaginés par des débiles qui s'inventent des héros imaginaires.
— Si tu le dis. Ce matin je vais aller à la cité, je dois passer au marché récupérer des fruits et du bon fromage. Tu veux venir avec moi ou rêvasser à tes absurdités une journée de plus ?

Hespéria n'avait pas vraiment envie de passer du temps avec sa mère. Néanmoins, le passage par le marché lui donnera l'occasion de voir l'entraînement des soldats, ce qui serait une aubaine pour montrer ses talents aux combats.
— Fort bien, je vais te suivre, j'ai des personnes à voir ce sera une bonne occasion.

Sa mère n'est pas dupe, elle sait pertinemment ce que sa fille projette de faire une nouvelle fois malgré les nombreuses humiliations qu'elle a déjà vécues.

— Prend le panier s'il te plaît, il est sous la table.
— Maman, tu as des jambes et des bras non ? Alors ton panier tu vas le récupérer.

L'insolence de la jeune femme était habituelle et tous ceux qui l'ont côtoyée de près ou de loin pourraient la décrire avec les mêmes mots. Arrogante, repoussante ou bien même provocatrice seraient les qualificatifs qui représente la réputation de la jeune effrontée, prêts à la pire des mesquineries pour atteindre ses objectifs idéalisés et insipides.

À la suite de cette remarque désobligeante envers sa mère, la jeune femme se targua d'un sourire moqueur, regardant celle qu'elle venait de chahuter retourner dans la demeure pour y récupérer le nécessaire afin de se rendre sur le marché. Hespéria se remit à contempler la mer Égée qui s'étendait devant elle, telle une promesse lointaine d'aventures inédites et légendaires. S'imaginant déjà comme étant la plus grande guerrière de tous les temps, elle se redressa et serra les poings, prête une fois de plus à tenir tête aux soldats de Sparte qui la rejette depuis tant d'années.

Sa mère sort enfin de la cabane vétuste avec une seule envie, se noyer dans le brouhaha et les divertissements du marché de Sparte, reconnu comme étant l'un des plus appréciés de toutes les cités grecques. Son panier délicatement en équilibre sur son avant-bras gauche, elle regarda une nouvelle fois sa fille qui avait les bras tendus au-dessus de ses épaules, le visage penché en arrière afin de profiter au maximum des rayons du soleil que le dieu Apollon accorde au peuple grec.

— Bon tu as fini tes mimiques, on peut se mettre en route ? Demande sa mère avec une certaine impatience. Nous avons trois kilomètres à faire avant d'arriver devant l'entrée de la cité, je ne veux pas rentrer en plein après-midi sous un soleil de plomb.

— Si tu n'avais pas raté ta vie, peut-être serions-nous dans une maison confortable en plein centre de Sparte, avec nos frères et sœurs de sang.

— Hespéria !

— Quoiiiii ? La vérité te fera toujours du mal à ce que je vois. Tu as gâché ta vie en ayant une enfant alors que tu étais adolescente, traînée !

Cette réplique inqualifiable était de trop. En se retournant, la jeune femme reçut une gifle monumentale capable d'assommer un bœuf. Elle tomba au sol, posant sa main droite sur son visage rougi par l'impact de la sainte gifle accordé par sa mère.

— C'est la dernière fois que tu me brutalises, Briséis !

— Ne m'insulte plus jamais ! Dis-toi, maudite fille, que la seule raison pour laquelle tu es toujours en vie, c'est que ton père me fait plus peur que l'Enfer.

— Tssss, tu ne m'as jamais dit ne serai ce que son nom.

— Tais-toi, lève-toi et viens, la chaleur commence déjà à faire son effet.

Hespéria se releva avec une bonne douleur sur son épaule gauche, sur lequel elle avait chuté. Faisant quelques mouvements avec le bras concerné, elle se sentit mieux rapidement, fin prête à prouver sa valeur une énième fois.

Après une bonne heure de marche le long d'un modeste chemin qu'empruntent les bergers et leurs troupeaux, elles arrivaient enfin aux abords de la cité légendaire et redoutée de Sparte. Leur court voyage fut une fois de plus marqué par un silence insoutenable entre les deux femmes qui était arrivé à un point de non-retour dans leur relation. Mais leur arrivée aux abords de la ville allait leur redonner du baume au cœur.

Les champs de blé à perte de vue annonçaient une merveilleuse récolte à venir, promettant un avenir des plus radieux pour ses habitants. Le petit chemin escarpé qu'elles avaient suivi les mena vers une voie de communication majeure, ou les chariots emplis de marchandises de toute sorte pouvaient circuler avec facilité. Ce matin-là, elles ne croisèrent que peu de marchands, laissant un goût amer pour Briséis qui redoutait de ne pas trouver ce qu'elle souhaitait acquérir sur le marché. Mais il en faudrait bien plus pour la décourager. Parcourir les étalages auprès des citoyens spartiates est pour elle un véritable refuge, une parenthèse dans sa vie solitaire et triste. Entre sa fille qui semble la haïr et son travail nocturne épuisant, elle avait peu de réconfort.

Au cœur de la cité guerrière de Sparte, où résonnaient les échos des formations militaires et des cris d'entraînement, s'étendait un marché antique vibrant de vie et de couleur. Les étals, débordants de marchandises exotiques et de denrées locales, formaient un labyrinthe animé où les parfums enivrants de l'huile d'olive, des épices et des fruits mûrs s'entrelaçaient dans l'air chaud. Les cris des marchands, aux voix mélodieuses décrivant les vertus de leurs produits, rivalisaient avec le bruit de l'acier s'entrechoquant à proximité, où les guerriers spartiates s'entraînaient avec une détermination sans faille. Les éclats du métal contre métal semblaient en harmonie avec les négociations animées et les appels des vendeurs, créant une symphonie singulière de commerce et de discipline martiale.

Les tentes en tissu coloré se dressaient fièrement, abritant des étoffes luxueuses, des bijoux étincelants et des poteries délicatement ouvragées. Les marchands, vêtus de tuniques aux couleurs vives, invitaient les passants à découvrir les trésors de contrées lointaines, évoquant des terres inexplorées et des histoires captivantes.

À l'ombre de ces étals animés, des musiciens ambulants jouaient des mélodies envoûtantes, ajoutant une note de gaieté à l'atmosphère déjà électrique. Les danseurs, vêtus de costumes traditionnels, tournoyaient avec grâce, capturant l'attention des curieux tout en créant un contraste frappant avec la rigueur des soldats s'entraînant au loin.

À l'intersection de ce marché bouillonnant se trouvait un petit autel dédié aux dieux guerriers. Des offrandes modestes s'amoncelaient autour de la statue imposante d'Athéna, rappelant aux visiteurs la dualité de la vie spartiate, où la guerre et la spiritualité coexistaient harmonieusement.

Briséis avait presque hâte de se débarrasser de la compagnie pesante de sa fille et ne se fit pas prier.
— Tu peux aller une fois de plus te ridiculiser auprès de nos grands soldats, je serais sur le marché.
— Je n'ai pas besoin de ton approbation, je rentrerai seule ce soir, ou pas.
— Oui il est vrai que si tu deviens soldat aujourd'hui, tu iras avec les autres guerriers, parmi les vrais hommes.
— Casse-toi ! ordonna Hespéria à sa mère qui était une fois de plus traitée comme un vulgaire animal.

Sur la joue de Briséis, une larme se mit à couler, touchée par cette dernière invective qui lui fit de la peine. Malgré un quotidien qui était de plus en plus difficile à cause de la relation tendue qu'elle entretenait avec sa fille, elle était encore touchée une fois de plus mais le dissimula à merveille en remettant ses cheveux sur la moitié de son visage avant de partir dans une direction opposée.

Hespéria emprunta une voie pavée de bloc de pierre qui allait lui permettre de retrouver le premier camp militaire qu'elle rêvait d'intégrer. Néanmoins, elle en avait mal au ventre dû à un stress immense qui la gagnait à chaque nouveau pas. La promesse d'une vie au service de Sparte dans la plus honorable des fonctions lui imposait la plus grande des rigueurs ainsi qu'une motivation inébranlable, ce qui n'était pas vraiment ses qualités premières.

Après avoir effectué cinq petites minutes de marche, elle se trouvait enfin devant le camp militaire, ou les hoplites livraient un entraînement de haut niveau que peu pouvait suivre. L'odeur de la sueur et de sang fraîchement déposé sur le sable fin témoignait de la férocité concernant la préparation de l'armée. Cette dernière était légendaire et faisait trembler le monde antique.

Hespéria était absolument émerveillée par la scène qui se déroulait devant elle. À ses côtés, de nombreux citoyens observaient ces athlètes avec un respect infini. Saisissant son courage à deux mains, elle osa entrer à l'intérieur de la caserne militaire sous les regards médusés et surtout amusés des guerriers qui la reconnurent aussitôt, déclenchant un rire général.

— Regardez qui voilà ! s'écria un soldat recouvert de blessures. C'est l'autre cinglée qui revient nous distraire mes frères !

— Ha ha ha ha !

Les soldats s'amusaient grandement de la situation et se permettaient de narguer la jeune femme qui semblait très contrariée. C'est alors qu'un homme lui mit un violent coup d'épaule en passant derrière elle, ce qui la fit chuter sur le sol. Elle se redressa piteusement avec du sable plein le visage, ce qui entraîna de nombreux rires supplémentaires venant des citoyens cette fois-ci.

— Silence ! Un peu de respect.

Un véritable colosse fit son entrée, entraînant la fin des moqueries. Ses pas étaient lourds et puissants.
— Pourquoi un tel raffut ! hurla, le nouveau venu.
— Chef, c'est l'autre folle qui est revenue. Répliqua un des soldats en pontant Hespéria du doigt avec une satisfaction non dissimulée.
— Je n'arrive pas à y croire... La correction que je t'ai infligée la dernière fois ne t'a donc pas suffi ? Qu'est-ce que tu n'as pas compris, femme ?
— Je ne suis pas qu'une femme misérable tas de muscle sans cervelle ! ajouta la jeune effrontée avec mépris. Je suis la plus grande guerrière qui est et ne sera jamais plus !
— HA HA HA HA HA !

Tous les soldats se remirent à rire de bon cœur. Le chef de son côté laissa un sourire se dessiner sur son visage. Il savourait déjà ce qui allait suivre avec une grande excitation.
— Mais regarde-toi ! Tu es haute comme trois pommes, tu dois peser au moins quarante kilos toute mouillés et tu es aussi frêle qu'un oisillon tombé du nid. Cesse de te ridiculiser et rentre chez toi !

Hespéria était folle de rage, être traité de la sorte était pour elle un affront intolérable. Elle décida de franchir un nouveau cap dans la provocation. Elle prit une poignée de sable sur le sol et le jeta au visage de celui qui était venu la remettre à sa place. Cette fois la provocation était allée bien trop loin. Le chef s'approcha d'elle et lui colla un coup de poing monumental au niveau de l'estomac. Elle s'effondra sur le sol, se tordant de douleur en injuriant celui qui avait porté le coup.

— Attend que je me relève, misérable connard. Je vais te...

— HESPERIA !!!!

C'était sa mère qui était arrivée devant cette scène des plus grotesque. Elle se permit de s'approcher de sa fille et de s'agenouiller à ses côtés afin de la prendre dans ses bras. Mais cette dernière fut repoussée par sa propre enfant avec vigueur et tomba sur le postérieur.

— Ne me touche pas, faible ! Je t'ai dit que j'allais devenir soldat aujourd'hui. Alors laisse-moi régler cela !

Briséis se releva et se mit à défier chaque soldat, leur montrant son indignation devant leur comportement. Elle savait pertinemment que sa fille était à l'origine du problème de ce fait, il lui serait difficile de sermonner les guerriers de Sparte si respecté par ses citoyens. Elle décida de s'excuser pour le comportement de sa fille.

— Je suis sincèrement navré pour le comportement de ma si précieuse enfant, vous n'imaginez pas ce qu'elle a dû traverser dans sa vie. Expliqua-t-elle. Elle a grandi sans père et s'est toujours plus vue comme un garçon qu'une jeune fille. Elle a grandi avec des rêves pleins la tête mais surtout, un amour débordant pour Sparte. C'est pour cela qu'elle se trouve devant vous une fois de plus aujourd'hui, pour prouver sa bravoure. Je sais pertinemment qu'elle n'a pas fait l'Agogé, mais, pourriez-vous juste lui donner une chance de faire partie de votre garnison ?

Les soldats cessèrent leurs sourire à la suite de ce discours aimant d'une mère voulant le bien et la joie de son enfant. Le chef ne savait pas du tout quoi faire. Une telle décision devait revenir au roi de Sparte, absent ce jour-là. Hespéria venait enfin de se relever avec une grande difficulté à la suite du coup reçu. Elle s'avança lentement vers le responsable de la caserne et le défiait du regard.

— N'écoutez pas cette vieille mégère, je sais qu'elle n'est pas ma véritable mère !

Le cœur de Briséis se serra fortement, elle posa sa main droite sur sa poitrine, offusquée d'une telle parole.

— Laissez-moi intégrer la phalange, c'est tout ce que je désire, prouver ma valeur.

— Tu as tant d'autres moyens pour prouver ta valeur jeune fille, les arts, la science, la littérature, tout cela peu te permettre de montrer les talents dont tu recèles. Mais intégré l'armée de Sparte, il n'en sera rien !

— Tu n'as qu'à intégrer l'armée perse si tu veux ! ajouta un soldat qui fut mal avisé.

— Silence imbécile ! rétorqua le chef qui ne supporta pas cette réplique. Puisque tu es si malin Cleitos, tu vas nous être utile, toi, le plus vaillant d'entre nous.

Les rires reprirent de plus belle. Ce soldat jouissait d'une réputation qui ne le mettait pas en valeur, jugé comme étant le plus faible parmi ses paires.

— Bien sûr commandant, mais je ne souhaite pas combattre une femme de Sparte, tel n'est pas mon rôle !

— Tu obéiras à mon ordre soldat. Donnez à l'insolente un glaive afin qu'elle nous émerveille de ses talents ! ordonna le chef avec un air décontracté.

— Je ne m'abaisserai pas à affronter un soldat, je veux vous défier vous ! ajouta Hespéria qui ne se rendait pas compte de la situation désastreuse dans laquelle elle s'était mise.

— Bats Cleitos, et je te jure sur mon honneur que tu seras dans la phalange en première ligne, aux côtés de notre Roi !

— AOU ! rétorquèrent les soldats en levant leurs lances vers le ciel.

Ce cri était un cri rassembleur et viril que les soldats de la cité de Sparte aimaient scander. La jeune femme se saisit du glaive qu'on lui tendit avec beaucoup de maladresse due au poids de l'arme. Elle réussit à s'en saisir avec la main droite avec fébrilité ce qui se voyait sans aucun problème. Ce qui était une vaste plaisanterie commençait à tourner en une humiliation que nul ne souhaitait voir. Mais hélas, Hespéria avait été bien trop loin dans ses actes et propos pour reculer.

Les deux combattants se faisaient face sous un soleil de plomb. Le vent balayait lentement le sable qui glissait le long de leurs chevilles. Le commandant se permit d'apporter un bouclier en bronze à la jeune femme qui le refusa d'un regard.

—Non, je compte attaquer, pas me protéger. C'est maintenant que je montre aux dieux qu'ils ont eu tort de me négliger.

—Alors ton sort est scellé. Déplora le chef qui fit quelques pas vers son guerrier afin de poser sa main sur son épaule, comme pour l'accompagner devant l'inéluctable victoire qu'il s'apprêtait de remporter.

Le commandant se mit en place à bonne distance afin d'arbitrer au mieux ce duel déséquilibré. Les soldats formèrent rapidement un cercle afin de délimiter une zone de combat qui n'offrait aucune échappatoire.

—Je vous en prie, cessez cette folie, ma fille s'excusera et vous jure que nous ne reviendrons jamais dans la cité ! supplia Briséis qui craignait le pire.

—Silence ! Le combat peu commencé, seul le premier sang versé sera compté comme victorieux, il est interdit de blessé mortellement son adversaire sous peine de mort ! DÉBUTER !!

—AAAAAAHHH !!! hurla Hespéria qui se rua sur son adversaire, manquant de trébucher lors de sa course.

—Idiote !

Cleitos usa de sa rapidité pour esquiver la charge maladroite de la jeune femme qui tenait son arme droit devant elle, espérant blesser le soldat. Mais ce dernier la laissa passer et se retourna pour lui mettre un coup de glaive au niveau de l'épaule. La lame coupa légèrement la peau de la jeune femme, ce qui fut suffisant pour laisser jaillir un filet de sang le long de son bras gauche.

Elle n'en revenait pas, en seulement quelques secondes, elle avait déjà perdu. Une honte immense commençait à la gagner suivit par des larmes de tristesse qu'elle ne sut dissimulée. Le commandant était ravi du comportement de son subordonné et eut un grand ouf de soulagement.

— Cleitos est vainqueur, déposez les armes et saluez votre adversaire.

— Désolé de t'avoir blessé, je voulais en finir vite pour éviter de te blesser gravement. Explique le guerrier qui se rapprochait d'Hespéria, a genou, tête basse. Allez, relève-toi.

Le soldat posa son glaive afin de l'aider à la relever en posant ses mains sur les épaules de son adversaire avec délicatesse et respect.

— Je n'ai pas besoin que tu me touches, SALOPARD !

Hespéria se retourna et jeta son arme au visage du guerrier qui le prit de plein fouet, lui ouvrant le front d'une plaie béante. Son sang recouvra le sable devant des spectateurs médusés par une telle attaque jugée inacceptable.

— Je n'ai pas fini sale enflure ! hurla la jeune femme qui asséna de violents coups de glaive sur le pauvre homme qui tenta de se protéger du mieux qu'il puisse par l'intermédiaire de ses protections situées sur ses avant-bras. Ces dernières étaient en cuir et très résistantes, lui permettant de parer le coup d'une arme sans se blesser.

— Hespéria arrête ! hurla, sa mère impuissante devant une telle scène.
— Ça suffit ! Le combat est fini ! Ajouta le commandant qui n'en revenait pas de l'acharnement de la jeune femme qui voulait seulement blesser son adversaire, voire pire.

Cleitos n'arrivait pas à se relever et décida de se saisir de son glaive qui se situait à porter de main sur le sol.
— Non Cleitos, ne fais pas ça !!! hurla, le commandant qui voyait l'inévitable se produire.

Malgré l'ordre de son supérieur, le soldat se saisit de son arme et transperça l'abdomen de la jeune femme en plein cœur. Elle s'arrêta et laissa tomber ce qu'elle avait entre les mains. Remarquant ce qui la transperçait, elle jeta un dernier regard vers sa mère avant de s'effondrer au sol. Elle agonisa quelques secondes avant de voir ses yeux se refermer définitivement. Un filet de sang sortait de sa bouche indiquant une mort des plus violentes.
— MAIS QU'AVEZ-VOUS FAIT ???? hurla, sa mère qui tomba à genoux, folle de peur. C'est impossible, comment je vais faire ! Je dois m'enfuir, quitter la Grèce au plus vite !

Les citoyens ne comprenaient pas le marronnage de la femme qui se releva avant de s'enfuir en courant, laissant le corps de sa fille derrière elle. Les soldats arrivèrent près de leur frère afin de lui prodiguer les premiers soins, mais le commandant fut intraitable.

— J'avais énoncé les règles Cleitos, tu en paieras le prix.
— Je n'avais pas le choix et…
CHLAK !
En un coup très précis, le soldat fut transpercé à son tour par la lame du commandant qui lui planta dans la gorge, laissant le guerrier au sol, la vie l'ayant quitté.
— Quel gâchis, un terrible gâchis. Rétorqua l'un des guerriers.
— Occupez-vous des deux corps, brûlez-les sans les honneurs immédiatement. Mettez tout de même des pièces sur les yeux de Cleitos pour le Passeur.
— Mais et pour la fille ?
— Qu'elle aille pourrir dans le Styx ! ajouta le commandant en retournant auprès des jeunes soldats en formation.

Cela faisait déjà plus de deux heures que la mère d'Hespéria continuait à courir le plus rapidement possible. Elle aperçut au bord du chemin qu'elle suivait depuis de longues minutes ce qui ressemblait à une petite grotte discrète. Stoppant son effort à l'entrée de cette dernière, elle se blottit contre les pierres fraîches, lui offrant un peu de fraîcheur qui n'était pas de refus. Elle s'enfonça lentement à l'intérieur de cette merveille naturelle afin de ne plus être retrouvée. Se sentant enfin en sécurité, elle décida de s'asseoir contre une paroi rocheuse afin de se reposer et reprendre son souffle. Elle prit sa tête entre les mains et semblait complètement apeurée, comme si elle était poursuivie par un destin implacable.

Au bout de quelques minutes, elle ressentit une présence qui la fit frémir. Ses yeux s'étant habitués à l'obscurité, elle regardait dans tous les recoins afin de voir si personne ne l'épiait à son insu. Personne, pas un bruit, le silence parfait. C'est alors qu'une fumée mystérieuse se mit à sortir du sol lentement, se déplaçant tel un serpent en direction de la jeune femme. Elle se mit à crier de toutes ses forces, se recroquevillant sur elle-même en pliant ses genoux devant elle. La fumée s'épaississant lentement, elle commença à prendre une forme humaine. Petit à petit, une femme d'une beauté à couper le souffle prit forme. Elle avait de longs cheveux noirs qui descendaient jusqu'aux genoux, une peau blanche comme le lait. Ses yeux étaient rouges et brillaient comme des rubis. Le bout de ses longs doigts était noir avec de longues griffes tranchantes comme des rasoirs. De magnifiques bijoux braillaient de mille feux autour de son cou ainsi qu'a son poignet droit. Sa tenue était sombre et recouverte par un long voile noir s'étendant sur plusieurs mètres derrière elle, représentant une nuit étoilée.

Se délectant de la peur de la mortelle se trouvant sous ses yeux, elle se permit de prendre une mèche de ses cheveux, la soulevant lentement avant de la laisser reprendre sa place sur l'épaule de sa propriétaire.

— Tu transpires la peur, ne me dit pas que tu as échoué à ton devoir.

Briséis se prosterna immédiatement sur le sol, implorante pour sa vie.

— Par pitié, je ne pouvais rien faire, elle était entêtée et incontrôlable.

— C'est donc ainsi que tu parles de mon propre enfant... Ajouta la mystérieuse femme revêtue d'obscurité. Imagine sa réaction lorsqu'il la verra arrivée devant lui.

— Je vous le jure, j'ai tout fait pour la protéger au péril de mon avenir. J'ai tout sacrifié et...

— CHHHHUUUUUT... Calme-toi, je ne te ferai pas de mal... Je ne suis pas vraiment une meurtrière, tu le sais bien. Mais un accord est un accord. Quand je t'ai confié mon enfant que je venais de mettre au monde, tu savais qu'elles seraient les conséquences. Et malgré cela, tu as osé échouer. Tu as laissé mourir ma fille, celle de la Déesse de la nuit, Nyx !

— Pardonnez-moi, je ferai tout ce que vous voudrez.

— Rappelle-moi les termes du contrat qui nous ont liés.

— Je devais attendre qu'elle ait vingt ans avant de lui révéler son véritable destin. Et en retour, vous m'accordiez l'immortalité !

— Il n'en sera donc rien... En revanche, si tu échouais, tu savais que c'était la mort qui te serait accordée.

— Je veux vivre... Implora une nouvelle fois Briséis.

— Il décidera de ton sort !

Nyx se saisit rapidement de son long voile et le mit autour d'elle et de Briséis, laissant ce dernier se mettre à briller intensément par le biais des étoiles représentées. En un instant, les deux femmes disparurent, laissant une légère fumée s'estomper lentement dans une caverne vide et silencieuse.

CHAPITRE 2
LE STYX

Au bord du Styx, la rivière mythique de la mythologie grecque, une aura ténébreuse enveloppe les eaux noires tel un voile impénétrable. Dans l'Antiquité, cette sinistre artère aquatique marquait la frontière entre le monde des vivants et des morts, un passage incontournable vers les entrailles des Enfers. Les eaux du Styx, d'une obscurité abyssale, semblent refléter les tréfonds de l'au-delà. Lorsque l'on s'aventure sur ses rives, une sensation indéfinissable étreint l'âme. Les murmures mystérieux du vent semblent porter les échos des lamentations des défunts, tandis que les ombres s'étirent comme des doigts invisibles cherchant à attraper toute lumière. Un frisson glacial traverse l'échine de ceux qui osent s'approcher, comme si l'air lui-même était empreint de la tristesse et de la mélancolie des âmes déchues. La surface de l'eau est agitée de légers remous, comme si les esprits en errance murmuraient des secrets à travers les vagues stagnantes. Les reflets des étoiles semblent ternis, comme si même le firmament se résignait à l'obscurité inhérente à ce lieu maudit. Les rives dénudées du Styx sont hantées par des silhouettes indistinctes, des ombres fugitives qui semblent se fondre avec la brume éthérée.

Hespéria se trouvait dans une eau froide et oppressive. Progressivement, elle revenait à elle lentement. En ouvrant les yeux, un spectre effrayant lui faisait face et semblait lui parler. Prise de panique, elle gesticula dans tous les sens mais sans pouvoir se déplacer. Autour d'elle, ne nombreuses âmes plaintives se faufilait tout autour d'elle, la frôlant a de multiples reprises. Seule l'obscurité se dressait devant ses yeux, aucun repère n'était visible et ceux quel que soit la direction scrutée rendant l'instant invivable et effrayant. C'est alors qu'une légère lueur se mit à scintiller au-dessus d'elle telle une promesse inespérée. Rassemblant toutes ses forces et ses espoirs, elle tendit la main vers ce qui semblait n'être qu'un mirage.

C'est alors qu'elle sentit son poignet se faire saisir avec une grande délicatesse. Elle remarqua qu'une main la saisissait fermement, une main dépourvue de chair. Lentement, elle sentit son bras sortir de l'eau, puis son visage. Elle découvrit une silhouette encapuchonnée qui la regardait, mais aucun visage n'était visible. Néanmoins, deux yeux rouge brillant tels des rubis l'observaient avec une grande attention. Après un dernier effort presque simple, elle était complètement hors de l'eau, suspendue par le bras droit que tenait le mystérieux sauveur. Elle était toujours revêtue de sa toge misérable qui couvrait à peine sa féminité. D'un geste puissant, il la jeta au fond de sa barque. Malgré la violence du choc, elle ne sentit presque aucune douleur, ce qui l'étonna fortement. Se redressant avec vigueur, elle sentit que son corps avait drastiquement évolué, comme métamorphosé. Elle remarqua que ses bras étaient bien plus forts et musclés, son ventre semblait aussi dur que l'acier, ses jambes autrefois frêles et chétives étaient désormais solides et élancées.

Son attention se tourna ensuite sur son mystérieux sauveur qu'elle voulut immédiatement confronter. Mais elle fut dépassée par la curiosité de ce dernier.

— Ainsi donc... Tu es de chair et de sang, que fais-tu ici ? demanda le squelette encapuchonné.
— Mais je suis ou, et vous êtes qui ?
— Comment oses-tu ne pas répondre à mes interrogations jeune écervelée !
— Tu sais à qui tu parles tas d'os ?
— Tu l'auras voulu...

D'un geste parfaitement maîtriser, le bateleur la frappa avec une dague fais de fumée noire qu'il dissimulait sous sa cape. C'est avec une immense surprise qu'il découvrit que sa lame n'entra pas dans le flanc de sa victime, la fumée en question glissait le long de sa peau, comme si cette dernière faisait une douce étreinte à une vieille amie.

— Tu es donc spéciale, je dois donc te mener à lui. Annonça-t-il.
— C'est quoi cette arme, et qu'est-ce que je fais ici ! Répondez à la fin !

— Bien sûr. Je me dois de respecter la descendance du maître des lieux. Je ne puis le décevoir.

Hespéria ne comprenait absolument rien et était complètement déboussolée. Elle s'assied lentement dans la vétuste barque et baissa les yeux un instant afin de réfléchir. C'est alors que la main squelettique de l'homme s'ouvrit devant elle, attendant d'être remplie.
— Mon dû pour la traversée, je vous prie.
— Que voulez-vous ?
— Une pièce de vos funérailles afin de me payer.
— Je n'ai rien sur moi à part cette toge en lambeaux.
— Voilà qui me met dans un grand embarras... Je vais donc devoir m'en passer, pour le moment. Mettons-nous en route, nous avons une longue traversée à faire.
— Et pour aller où ?
— Vers ton destin, je suppose...

Confuse et désorientée, Hespéria ne répondit point et se laissa guider sur le Styx qui semblait bien calme une fois en dehors de ce dernier. Elle regarda sur le côté de la barque et vit d'innombrables spectres glissés dans les eaux froides vers une destinée bien sombre. Se repositionnant après avoir observé durant de longues secondes le spectacle de l'au-delà, elle se permit quelques questions.
— Je me trompe ou bien, vous ne m'avez pas donné votre nom !
— Le moins que je puisse dire, c'est que tu n'es pas très dégourdie. Rétorqua avec une pointe de taquinerie

le batelier qui s'efforçait de faire avancer son embarcation. Je suis le guide des âmes, le Passeur.
— Alors vous existez réellement ! s'offusqua la jeune femme qui n'en revenait pas. Ne me dites pas que les dieux eux-mêmes sont également vivants ?
— Bien sûr que oui !
— C'est n'importe quoi…
— Comment peux-tu expliquer que tu sois avec moi sur le Styx en ce moment dans ce cas ? Les Moires n'ont pas du coupé ton fil de vie convenablement.

Hespéria garda le silence et se plongea dans ses pensées. Sa présence en un tel lieu était forcément un grand choc pour elle qui rêvait de gloire dans le monde des vivants.

Après une interminable traversée sur des eaux remplies d'âmes en perdition, une immense porte se profilait à l'horizon, laissant les eaux passées vers ce qui ressemble à un passage vers les Enfers elles-mêmes.

En franchissant symboliquement cette ouverture vers l'inconnu, Hespéria remarqua avec émerveillement des décors très riches digne des plus grands temples qui se situaient à Sparte. On pouvait y voir des représentations d'évènements légendaires comme la guerre de Troie ou bien une vision de ce qu'avait pu être la Titanomachie.
— Savez-vous qui a bâti de tels œuvres ? demanda la jeune femme en soif de connaissances.
— Mmmm…

— Décidément vous n'êtes pas très causant.

— Nous pénétrons dans un lieu sacré ou les âmes torturées subissent leur châtiment, le silence est une marque de respect. Expliqua le Passeur qui continuait de faire avancer son embarcation.

Une fois le portail de pierre franchi, un lieu d'une taille démesurée s'offrit aux deux voyageurs d'infortune. Au loin se trouvaient plusieurs palais partiellement effondrés baignés dans les flammes. Ces derniers semblaient léviter au-dessus du sol car de simple chemin de pierre les reliait entre eux. En dessous de ces derniers se trouvait un brasier immense qui recouvrait les lieux à perte de vue. Des cris de souffrances et des formes humanoïdes s'y trouvaient, empilés les uns sur les autres dans une scène indescriptible. Une odeur insoutenable de soufre commençait à se faire ressentir, similaire à celle d'un volcan en éruption. Hespéria remarqua seulement à ce moment-là que la barque ne naviguait plus sur le Styx. En effet, elle lévitait au-dessus du vide et prenait la direction de l'unique temple encore intact et richement recouvert d'or.

— Le temple recouvert d'or, c'est celui d'Hadès ?

— Oui, nous nous y rendons afin d'avoir une entrevue avec lui, je désire ma pièce...

— Et vous en recevez combien par jour ? interrogea Hespéria avec une certaine mesquinerie.

L'encapuchonné ne répondit point et continua sa tâche avec une maîtrise parfaite. L'embarcation commençait à passer entre les premiers temples ce qui offrait un spectacle presque enchanteur malgré la chaleur qui s'en dégageait. Au loin, ce qui ressemblait à une sorte de quai céleste se profilait à l'horizon. Hespéria se mit à l'avant de la barque et ne pouvait dissimuler son impatiente. Lorsqu'un évènement ou bien un lieu lui donnait un minimum de bonheur, elle ne pouvait s'empêcher de claquer des doigts, ce qui devenait insupportable au bout de quelques minutes.

— Nous y sommes. Annonça lentement le Passeur qui mit son long bâton droit contre lui, baissant la tête avec respect.

Une femme se trouvait sur le lieu de débarquement et semblait richement habillée. Elle était d'une grande beauté et d'une grâce envoûtante, ses traits étaient délicats, son teint lumineux avec des yeux brillants que l'on peut comparer à des joyaux étincelants. Ses cheveux sont d'un noir profond entremêlés de bijoux d'or.

La barque vétuste entra enfin en contact avec le quai. Hespéria se retourna et se permit une remarque déplacée à celui qui l'avait mené à bon port.

— Enfin arrivé, c'est pas trop tôt tas d'os !

Le Passeur ne se fit pas prier et lui assena un violent coup au bas ventre avec son bâton robuste. La jeune effrontée fut projetée de la barque et s'écrasa lourdement au pied de celle qui avait guetté leur arrivée. Telle une furie, Hespéria se releva et commença à investiver celui qui venait de la malmener. Mais elle fut saisie à l'épaule gauche d'une manière très ferme, ce qui la stoppa dans son élan ridicule.

— Je ne suis pas très fan de la violence gratuite et encore moins quand elle est injustifiée.

La défunte ne dit mot et s'écarta légèrement, posant ses mains sur son abdomen douloureux. La femme richement vêtue se dirigea alors vers le Passeur avec une grâce et une élégance telle que la déesse Aphrodite en serait jalouse. Elle fouilla dans sa toge juste en dessous de sa poitrine et en sortit une poignée de pièce d'or qu'elle tendit au batelier. Ce dernier avança et se prosterna avec un immense respect.

— Pour ta peine.
— Merci infiniment ma Reine.

Ses précieuses pièces dans sa main squelettique, le Passeur reprit son chemin et retourna en direction du Styx sans aucun mot ni regard pour Hespéria qui marmonnait des injures à son encontre. Néanmoins, un détail suscita sa curiosité.

— Je rêve ou il vous a appelé ma Reine ? Si c'était vrai alors dans ce cas...

— Oui, tu es vive d'esprit. Je me présente, Perséphone, reine des Enfers et épouse d'Hadès, le plus puissant des dieux.

Hespéria n'en revenait pas, elle se trouvait avec nez à nez avec une déesse qui lui faisait la conversation.

— C'est impossible, les dieux et les mythes, ce sont des histoires débiles pour enfants. Qui pourrait croire à toutes ses conneries ?
— Pas besoin de croire, ce n'est que réalité. Déplora Perséphone. Après tout, tu es devant le palais d'Hadès, le maître absolu des lieux...
— Si j'en crois les légendes, il vous a kidnappée et mariée de force, vous devez le haïr ?

La Reine baissa légèrement la tête et arbora un sourire presque reconnaissant.
— Je lui en ai voulu au début bien évidemment, mais j'ai le droit de revenir à la surface durant six mois pour revoir ma mère. Et puis, je me suis bien habitué à mes fonctions ici-bas, j'ai des responsabilités qui me conviennent.
— C'est Déméter votre mère n'est-ce pas ?
— Oui, et mon père n'est autre que Zeus lui-même.

Hespéria n'en revenait pas. Les Dieux et les légendes étaient finalement réalité. Mais une question bien plus importante lui brûlait les lèvres.
— Pourquoi suis-je ici ? J'ai compris que j'étais morte contre ce minable de soldat, mais pourquoi je me trouve près de vous, je devrais être avec les âmes torturées ?
— Ainsi tu n'as toujours pas compris... Viens avec moi, il te l'expliquera mieux que moi...

Perséphone se retourna et prit la direction du palais majestueux qui surplombait le quai ainsi qu'une place pavée par des pierres carbonisées, les rendant aussi noirs que le charbon. Les lieux étaient très particuliers. Une chaleur presque étouffante se faisait ressentir. Le plus étonnant était l'absence totale de personne présente à cet endroit. Le seul bruit qui pouvait être entendu était les râles d'agonie des défunts qui brûlaient dans les flammes de l'enfer en dessous de ce qui était une sorte de petite ville flottante.

Les deux femmes arrivaient enfin devant les portes du temple. Cependant, un détail interpella Hespéria.

— Pourquoi il y a des portes à l'entrée ? Il n'y en a pas à Sparte, tout est libre d'accès.

— Disons que mon époux aime les entrées théâtrales. De plus, seules les personnes d'exception peuvent pousser ces deux battants.

— Ridicule, allons-y je n'ai pas de temps à perdre.

— Tu comptes aller où ? rétorqua Perséphone amusée par la réaction de son invitée.

— Oui bon je suis morte et alors ? Il y a bien des endroits à visiter ou bien je ne sais pas moi, des activités intéressantes ?

— Ce n'est pas gagné à ce que je vois. Ne le déçois pas avec des réflexions de ce genre, il attend beaucoup de toi, mais ne t'attends pas à un accueil chaleureux...

Tout était confus pour Hespéria qui ne comprenait pas vraiment le sens de cette réflexion. C'est alors que la Reine poussa avec difficulté les portes du temple.

CHAPITRE 3
UN MARCHÉ

L'ouverture des portes offrit un spectacle des plus grandiose. À l'intérieur, les murs suintaient de larmes éternelles, chaque pierre imprégnée des souffrances insondables des âmes déchues. Des fresques macabres ornaient les halls, dépeignant des scènes de désespoir et de tourments éternels, capturant l'agonie figée dans un éclat d'éternité. Les chuchotements des morts résonnaient dans les corridors obscurs, leurs plaintes éthérées résonnant comme une mélodie funèbre qui emplit l'air de tristesse et de désespoir. Au cœur du temple, dans un sanctuaire ombragé par les ténèbres, reposait le trône d'Hadès lui-même, taillé dans l'os des damnés et orné de gemmes qui semblent refléter les tourments de chaque âme qui a croisé le chemin du dieu des Enfers. Autour de lui, une aura glaciale imprégnait l'atmosphère. Les ombres dansaient autour du trône, tissant des illusions trompeuses qui rendaient chaque mouvement incertain, chaque pensée lugubre. Dans ce somptueux écrin de noirceur, le pouvoir d'Hadès se manifestait dans toute sa splendeur terrifiante, un rappel constant de la fin inéluctable qui attend chaque être mortel.

Perséphone était la première à entrer suivie de près par la nouvelle venue qui ne cessait de regarder dans toutes les directions avec un intérêt certain. La Reine des Enfers était ravie de l'attitude de la jeune femme.

— Ce lieu semble te couvrir de joie.
— En effet. Rétorqua Hespéria. C'est étrange, c'est comme si..
— Tu avais toujours vécu ici ?
— Oui, c'est enivrant. Je ressens la présence de toutes les âmes qui sont venues implorées dans ce lieu. Je sens leurs espoirs et surtout leurs peurs.

Perséphone n'était pas vraiment étonnée par les déclarations de son invitée. Après tout, si le sang du grand Hadès coule dans ses veines, il serait normal qu'elle ait acquise ses capacités. Mais elle décida de reprendre en main la situation en oubliant pas pourquoi elles étaient présente dans cet endroit si particulier.

— Viens, nous allons voir le maître des lieux, je suis sûr qu'il sera ravi de te rencontrer. Expliqua Perséphone qui semblait un peu plus tendu.

Les deux femmes arrivaient enfin devant le centre du temple, à savoir le lieu ou Hadès recevait confortablement ses invités. Perséphone se mit à taper dans ses mains.

CLACK CLACK !!

— Mon époux, j'ai une surprise pour toi ! Ne me fais pas attendre, je vais bientôt partir !

C'est alors qu'un véritable tourbillon de flamme apparut sur le siège royal, avec une telle puissance que les deux femmes durent faire quelques pas en arrière. Les flammes s'évanouirent rapidement, laissant place à une silhouette massive confortablement installée.

Hadès venait de faire son entrée de manière magistrale. Il était reconnaissable à sa longue barbe noire, ses yeux rouge brillant et sa longue chevelure noire qui semblait aussi lisse que le marbre. Sa toge laissait apparaître la moitié de son torse, montrant ainsi une musculature des plus impressionnante. Sa posture était celle d'un homme presque blasé, s'affaissant sur le côté droit, le poing droit contre sa joue. Sa voix caverneuse se fit entendre rapidement.
— Que me veux-tu ma charmante épouse, tu vas encore me quitter durant de longs mois, est-ce donc le motif pour m'avoir convoqué ?
— En partie oui, tu sais bien que je vais retrouver ma mère à la surface.
— Oui comme tous les ans. Déplora Hadès. Ce n'est pas vraiment une nouveauté. Ce qui m'étonne, c'est que tu m'en informes directement. D'habitude, je dois me rendre compte par moi-même de ton absence.
— Bon vous allez faire semblant de m'ignorer encore combien de temps ? invectiva Hespéria sans le moindre respect.

Perséphone était presque choquée d'une telle attitude. À l'inverse, le Roi des Enfers semblait amusé de la situation.

— Oh mais voilà une jeune femme bien énervée ! rétorqua Hadès dans un calme absolu avec en prime un léger sourire. Es-tu ici pour me demander de sauver ton âme ?
— Certainement pas. Le Passeur m'a repêché dans le Styx et m'a menée ici.
— Hum… Très intéressant. Tu as probablement du sang divin qui coule dans tes veines… Tu dois faire partie de la myriade d'enfants que mon cher frère a produit avec des humaines.
— Non il n'en est rien à son sujet.

C'est à ce moment précis qu'une autre voix se fit entendre avant de laisser place à une apparition des plus sublime. Une large fumée noire s'éleva du sol avant de laisser apparaître la déesse Nyx dans toute sa splendeur, ce qui impressionna fortement Hespéria qui ne savait plus trop où se mettre.
— Déesse de la nuit, tu sais que je n'aime pas ce genre d'apparition dans mon temple. Déplora Hadès qui se redressa.
— Je me devais de venir en cet instant précis afin de te parler de la jeune Hespéria qui a visiblement gagner en force physique.
— Comment savez-vous à quoi je ressemblais avant d'arriver ici ?
— Les eaux du Styx peuvent faire de grandes choses. Expliqua le Roi. Normalement elles permettent aux âmes de transiter vers leur nouveau lieu de vie si je puis dire. Cela m'évite un tas de paperasse inutile et une perte de temps. Seuls les plus grands que ce

soient des dieux ou bien même des héros ont le privilège de me rencontrer, afin que je décide de leur sort. Donc jeune fille, tu l'as bien compris, tu n'es pas ici par hasard.

— Bien évidemment, je suis la plus grande guerrière que Sparte n'est jamais connu, c'est pour cela que je suis là !

— HA HA HA HA ! ricana Hadès ainsi que les autres déesses.

— Ne sois pas ridicule. Tu es ici car tu es ma fille. Annonça Nyx devant une assemblée médusée par cette révélation.

— Tu me déçois fortement, depuis quand te livre-tu a des actes charnels avec Zeus ?

— Tu te méprends Hadès. Répliqua Nyx avec son tact glacial. C'est avec toi que j'ai eu cet enfant. Je te présente donc ta fille et pour ainsi dire, l'héritière légitime des Enfers et de l'obscurité !

Hadès se leva de son trône telle une furie indomptable et se rua vers Hespéria, la saisissant à la mâchoire avec sa puissante main droite. Il la regarda intensément afin de la sondé au plus profond de son être. Perséphone était furieusement contrarié par cette annonce. Elle avait déjà des enfants avec son époux et apprendre qu'il l'avait trompé était une première, un affront odieux et absolu qui méritait un châtiment exemplaire à ses yeux. Elle décida d'invectiver son époux de toutes ses forces.

— Tu devais avoir honte ! Tu as osé me faire ça alors que j'ai été une épouse bienveillante à tous tes égards.

Je t'ai pardonné de m'avoir enlevé afin de me faire vivre dans ce lieu de cauchemar et tu as osé me tromper avec elle ? Cette pathétique représentante de la nuit !
— Doucement fille de Déméter, ne m'oblige pas à te faire du mal. Rétorqua Nyx avec une légère satisfaction.
— Nous avons eu trois enfants ensemble ! La douce Macaria qui tu as décidé de bannir de ta vie car je cite monsieur, elle était « trop joyeuse », notre fils rebelle Zagreus que tu méprises car il n'a de cesse de défié ton autorité alors que tout ce qu'il souhaite, c'est que tu lui accordes un minimum d'attention. Et enfin Mélinoé que tu méprises sans aucune raison.
— Pour la dernière, je suis persuadé que c'est la fille de Zeus. Répondit Hadès. Je suis sûr et certain que tu as déjà partagé la couche de mon frère. Mais je te prie de te taire Perséphone, je dois d'abord m'occuper de ma nouvelle fille qui est morte au lieu d'être dans le monde des vivants. Et cela me contrarie énormément. Laisse-nous maudite femme.

Perséphone folle de rage disposa et s'entoura de flamme avant de disparaître du temple, regagnant ainsi ses quartiers privés durant un court instant. Le Roi des enfers porta de nouveau son attention sur celle qu'il tenait toujours. Il la relâcha et cette dernière ne se priva pas de lui faire entendre son ressenti.
— Depuis quand tu m'attrapes de la sorte vieux débris !

Nyx était très amusée du caractère plus que bien trempé de sa fille qui n'hésitait pas à tenir tête au plus terrifiant des dieux.
— Hadès, je te prie de...
— J'en ai la certitude. Ne cherche pas à me convaincre Nyx, c'est bel et bien mon enfant. Tu es celle que j'ai toujours attendue et espérée. Mais dis-moi ma douce enfant. Comment as-tu perdu la vie ?

Hespéria n'était pas très enchantée de donner cette information qui était légèrement honteuse pour elle. Elle fit quelques pas afin de retrouver tous ses esprits après de tels évènements et surtout révélations. Ce n'est pas tous les jours où l'on apprend que la vie que l'on a mené était l'écho du mensonge.
— Je me suis fait tuer par un soldat de Sparte lors d'un duel à mort.

Hadès savait pertinemment qu'elle lui mentait ou du moins sur un détail. Il voulait en avoir le cœur net.
— Qui était ce soldat ? Est-il mort également ?
— Je ne sais pas, je l'avais bien blessé ça c'est sûr.
— Hum d'accord. Voyons voir.

À cet instant, une grande flamme apparut devant le roi des enfers. Cette dernière disparut rapidement et laissa apparaître une sorte de registre qui tomba entre les mains de ce dernier.
— Et bien vérifions cela, s'il est mort aujourd'hui je trouverai son nom sans aucun problème. Je t'écoute mon enfant.

— Je crois qu'il s'appelait Cleitos mais je ne suis pas sûr.
— La lala lalalaaaaaa. Trouvé ! Cleitos avec comme fonction de soldat de la garde rapprochée du roi de Sparte. On va lui demander.

Hadès mit son index sur le nom qui était écrit en lettre de feu dans son ouvrage. C'est alors que son doigt se mit à s'enflammer rapidement. Il désigna avec le feu crépitant une place à côté de sa fille qui semblait plutôt mal à l'aise. C'est alors qu'un jet de flamme fut projeté par le dieu des Enfers laissant apparaître en chair et en os le bien malheureux guerrier. Ce dernier était complètement déboussolé et n'en revenait de se trouver dans un tel endroit.

— Cleitos, merci d'avoir répondu à mon appel. Annonça Hadès.
— Vous êtes bien le...
— Oui oui c'est moi pas la peine d'y passer des heures ! J'ai une question pour toi ! As-tu tué la femme qui se situe sur ta droite ?

Le soldat regarda dans la direction indiquée et découvrit une femme splendide avec un physique très athlétique. Il la dévisagea et la reconnut au bout de quelques secondes.

— Comment s'est possible, tu n'étais qu'une anorexique et...
— SILENCE ! ordonna Hadès avec sa voix puissante. Réponds uniquement à ma question misérable mortel !

— Oui je l'ai bien tué mais je n'ai pas eu le choix. À la suite de notre combat, j'ai juste voulu l'empêcher de me tuer, elle s'est ruée sur moi !
— C'était un duel à mort ou bien au premier sang versé ? demanda Hadès avec un certain intérêt.
— Ne l'écoutez pas, il a été jaloux du fait que j'étais supérieure à lui rien de plus, il m'a tué sans raison.
— Misérable menteuse, pétasse ! Je vais te..
BOUM !

Hespéria se permit d'infliger un monstrueux coup de poing à son modeste adversaire. Le coup fut si puissant que ce dernier fut projeté contre l'une des colonnes du Temple. Elle n'en revenait pas de sa force. Observant sa main qui avait fait une telle prouesse, elle se sentit plus puissante que jamais, rien ne pouvait lui résister.
— Elle a un tempérament brûlant tout comme toi. Ajouta Nyx en faisait un large sourire à celui qui voulait en savoir plus. Mais ne te méprend pas roi de l'ombre. C'est celle qui l'a élevée qui est à incriminer, elle ne s'est pas correctement occupée d'elle, l'obligeant à une vie misérable et pauvre dénouée d'intérêt.
— Tu y va fort, une humaine ne peut être parfaite nous le savons bien. Mais tout de même, elle mérite notre respect pour s'être occupée d'elle.

En un geste maîtrisé, Hadès fit disparaître le corps du soldat dans les flammes, le renvoyant d'où il venait. Il se mit à faire les cent pas et se plongea dans une grande réflexion. Un silence se mit rapidement en place sous le métronome des pas du dieu.

— Nyx, j'emmène ma fille afin de parler avec elle. Reste ici et attend nous, ce ne sera pas long.

En instant, la jeune femme sentit des flammes parcourir son corps et ferma rapidement les yeux. Une fois cette sensation passée, elle les rouvrit et se rendit compte qu'elle n'était plus du tout au même endroit. Elle se trouvait sur une corniche escarpée au-dessus d'une rivière de lave qui serpentait le long de grandes falaises abruptes. La couleur des roches en fusion permettait un éclairage rudimentaire des environs. Le lieu était d'un calme paisible, pas un seul cri mais une chaleur épouvantable y était ressentie.

— C'est si calme. Ajouta Hadès qui se trouvait juste derrière elle. Je viens ici dès que je peux afin de me ressourcer. Je veux juste échanger avec toi et mieux te connaître.

— Pour cela, il aurait mieux valu ne pas m'abandonner à la naissance !

— Ne te méprends pas, je n'ai pas du tout eu vent de ton existence, Nyx a parfaitement gardé le secret. Contrairement à Zeus, je n'ai pas eu autant d'enfants que lui.

— Je vais finir par croire que le terrifiant Hadès n'est en réalité qu'un dieu au grand cœur.

— Tu sais, j'ai beaucoup de chance d'être le roi des Enfers. Je m'y sens bien, j'ai une épouse qui me comble chaque jour par sa beauté et son intelligence. Malgré cela, j'ai un très grand vide. La compagnie des autres dieux me manque.

— Tu ne peux pas aller les voir, tu ne reçois pas d'invitation ?

— Ce n'est pas si simple, mais il me vient une idée, un plan que tu pourrais réussir aisément.

— Je suis morte, ou pourrai-je bien allé...

— Tu vas repartir dans le monde des vivants en même temps que Perséphone, elle doit retrouver sa mère et l'Olympe durant les six prochains mois.

— Génial ! Avec ma nouvelle force, je vais enfin pouvoir prendre place dans la phalange spartiate afin de prouver ma valeur, je vais tous les écraser...

— Hum cela me déçoit ma fille. C'est ça ton ambition, prendre place pour des batailles futiles que se livre les humains...

— J'ai attendu cela toute ma vie ! Prouver ma valeur c'est tout ce qui compte à mes yeux.

— Et si je te proposais de renverser Zeus et de m'aider à prendre le contrôle de l'Olympe afin de régner dans le monde des vivants ?

Hespéria n'en revenait pas. Une telle proposition était tout bonnement de la pure folie. Comment pourrait-elle rivaliser contre les dieux ?

— Je n'ai pas de pouvoir, comment je pourrai me battre contre la foudre de Zeus ? Ou même contre la lance d'Athéna, c'est ridicule.

— Héphaïstos m'a conçu une arme, une épée nécromancienne que seul mon propre sang peu utilisé ou bien ma descendance. Elle te reviendra de droit. Va juste le voir, oblige-le à te la remettre et tu auras plus de pouvoir que tu ne pourras l'imaginer. Et ça m'ennuie de l'admettre, mais le sang de ta mère t'apportera des facultés en lien avec les ombres et l'obscurité, tu peux devenir la plus puissantes des nécromanciennes.

La jeune femme ne savait pas quoi répondre à une telle manigance.

— Et si l'on perd ? Nous connaîtrons un sort bien funeste, je pense.

— Dans le pire des cas, ce sera Perséphone qui récupérera le contrôle des Enfers, elle me punira pour l'éternité à coup sûr. Elle sera bien plus indulgente à ton égard. Je sais que l'on se connaît depuis quelques minutes, mais je te demande de m'obéir et de faire ton devoir. Ne me déçois pas. Tu pourras toujours me demander conseil à travers le feu, nous communiquerons ainsi si tu as besoin.

— Est-ce que tu as des alliés à la surface qui pourraient m'épauler ?

— Je connais une déesse qui te sera utile, notre projet ne manquera pas de l'intriguer et de la divertir. Éris pourra sûrement t'aider. Sans elle, la guerre de Troie n'aurait jamais eu lieu.

— La fameuse pomme de la discorde, c'est une idée oui. Mais j'y pense, si nous réussissons, qu'ai-je à gagner.

— Ton nom au côté du mien dans le plus grand des récits mythologiques, tu seras une des plus grandes légendes, respectées et craintes de tous pour l'éternité. Alors qu'en dis-tu ?

— J'ai envie de te suivre, alors je vais le faire. Mais j'ai une requête.

— Laquelle ?
— Je veux tuer tous les dieux qui croisent mon chemin. Ajouta Hespéria en serrant les poings.
— Tu en auras l'occasion, mais prends garde de ne pas trop les contrarier. Certains sont inoffensifs, d'autres sont redoutables comme Arès.
— Ils ne connaissent pas encore Hespéria, mais ça viendra. Ajouta la jeune femme qui s'imaginait déjà triomphante.
— Parfait, rejoignons Nyx et celle qui t'a vue grandir.

De nouveau, Hespéria sentit son corps s'entourer de flamme. Elle referma les yeux quelques instants et s'imaginait déjà à la lutte avec des créatures mythiques. Lorsqu'elle rouvrit les yeux, elle se retrouvait de nouveau dans le temple devant son père qui la regardait avec une certaine fierté. Soudain il se mit à hurler.
— Perséphone !

La déesse apparut aussitôt dans un écrin de flammes. Cette dernière semblait toujours contrariée par les dernières révélations qui furent faites. Néanmoins elle tenta de faire bonne figure.
— Que puis-je pour toi cher époux infidèle ?
— Tu peux retourner voir ta mère, mais emmène ma fille. En outre, je ne veux en aucun cas que tu révèles son existence. Promets-le-moi.
— Que comptes-tu faire exactement ? Pourquoi la caché ? Elle serait forcément accueillie par les autres dieux avec beaucoup de respect bien que ce soit ta fille.

— Fais ce que je te dis, elle n'existe pas, est-ce bien clair ?
— Transparent mon époux. Viens avec moi Hespéria, prend ma main.
— Attendez ! demanda Nyx avec insistance. Je suppose que tu souhaites revoir une dernière fois celle qui t'a élevée, n'est-ce pas Hespéria ?

La jeune femme était confuse, elle ne pouvait imaginer ce qui allait se produire sous ses yeux dans ce lieu de mort et de souffrance. La déesse de la nuit souleva sa cape d'une manière si élégante que les étoiles qui la composaient se mirent à briller intensément, laissant apparaître Briséis qui s'écroula sur le sol. Reprenant ses esprits avec un immense sentiment de panique, elle posa ses mains sur sa gorge, montrant ainsi de grandes difficultés pour respirer. Ce spectacle grossier n'était pas du tout du goût du roi des Enfers et le fit comprendre immédiatement.
— NYX ! Je t'avais déjà prévenue ! Je ne supporte pas que tu te permettes d'enlever des mortelles dans le monde de la surface, c'est inacceptable. Il n'y a que les Moires qui ont ce pouvoir, permettant ainsi aux âmes de rejoindre le Styx, les menant ainsi dans leur dernière demeure.
— Les Moires ? Allons allons, fils de Cronos, crois-tu réellement qu'elles aient le temps de couper tous les fils de vie ? Il y a de plus en plus d'humains, alors un de plus ou bien un de moins, quelle importance ?

— Les croyances sont importantes. Expliqua Perséphone qui se permit de soutenir son époux. Si nous ne les respectons pas, comment pourrions-nous être vénérés et respectés ?
— On s'en fout de tout ça ! répliqua Hespéria sans aucun tact. Vous allez faire quoi de cette conne de Briséis ? C'est une bonne à rien...
— Mais je suis ou bon sang ? demanda celle qui venait de faire son apparition. Vous êtes qui ? Et pourquoi fait-il si chaud, je n'arrive pas à respirer. Hespéria, tu es morte sous mes yeux... Comment peux-tu être ici ? À moins que...
— C'est bien cela humaine. Ajouta Hadès. Tu es dans mon Temple et ta présence n'est pas forcément autorisée. Néanmoins, si Nyx a décidé de t'amener ici contre mes instructions, ce n'est pas par hasard. As-tu quelque chose à te reprocher ?

La citoyenne de Sparte ne savait pas du tout quoi répondre. Elle comprit aisément qu'elle était en face du terrible dieu des Enfers. Elle se prosterna immédiatement, implorante.
— Je vous en prie, pardonnez-moi. J'ai conclu un pacte avec Nyx. Je devais...
— Silence ! hurla la déesse de la nuit qui semblait vouloir cacher une certaine vérité. Fais-moi confiance, elle a fait en sorte que notre enfant perde la vie et a fui ses responsabilités.

Hespéria savait pertinemment que c'était faux, mais sans aucune raison et aveuglée par la haine qu'elle a toujours eue envers celle qui l'a vue grandir, elle demanda une faveur inqualifiable à son père.

—Père, je te demande de la condamner au plus grand des châtiments pour tout le mal qu'elle m'a fait !

Briséis se tourna vers celle qui ne l'a jamais ménagée et se mit à fondre en larmes, suppliant une fois plus. Elle savait pertinemment que son sort était scellé.

—Je ne peux qu'accorder cela à ma fille, il en sera donc ainsi. Je te condamne donc à des tourments éternels. Aller disparaît.

En un geste parfaitement maîtrisé, Hadès projeta des flammes qui entourèrent la malheureuse. Elle poussa un hurlement de douleur déchirant avant de voir son corps tombé en poussière, disparaissant ainsi totalement. Cette vision d'horreur glaça le sang d'Hespéria qui semblait regretter sa demande insensée et abjecte laissant couler une larme qui en disait long sur les sentiments qu'elle avait envers celle qui l'a élevée.

—C'est une bonne chose de faite. Ajouta Nyx avec un sourire satisfait.

Le roi se releva et se dirigea vers sa fille, posant ses mains sur ses épaules avec une grande douceur. Il en profita pour jeter un regard à Perséphone, montrant ainsi une très grande détermination. Son épouse fit un léger signe de tête, comme pour donner son approbation.

—Ma chère fille, surtout ne me déçoit pas. Nous aurons une seule chance, il ne faudra pas la gâcher.

Maintenant, pars et réalise ta destinée, tu seras richement récompensé par une gloire éternelle.
—Oui père. Répondit la jeune femme avec un immense respect malgré sa gorge nouée due au dernier évènement brutal qu'elle venait de voir.
— Allez viens, prend ma main.

Hespéria prit la main de la Reine des Enfers et se retrouva une fois de plus recouverte de flammes. Par réflexe, elle ferma brièvement les yeux. Lorsqu'elle les ouvrit de nouveau, elle se retrouvait à la sortie d'une grotte, dans l'ombre.
— Je te laisse partir. Indiqua Perséphone. Lorsque les rayons du soleil me baigneront de lumière, ma mère Déméter viendra immédiatement me retrouver. Ton père souhaite que tu sois anonyme donc ne reste pas là. Je ne te souhaite pas bonne chance, j'espère juste que tu ne te feras pas tuer. Ne laisse pas ce fou décider de ta vie. Je te revois dans quelques jours sur l'Olympe !

Hespéria fit un léger sourire à celle qui lui permit de retrouver le monde des vivants. Elle remarqua également autre chose de bien plus intrigant. Ses vêtements en haillon étaient de l'histoire ancienne. Désormais, elle portait une véritable tenue de combat à l'image de celles que portaient les soldats spartiates. Elle était dorénavant vêtue des cnémides, idéales pour protéger ses tibias, une cuirasse thoracique puissante mais à la fois très légère reflétant les rayons du soleil, un casque imposant et la fameuse cape couleur sang si spécifique à la ville de

Sparte. Sur son flanc droit se trouvait attaché l'étui de son Xiphos, ce fameux glaive redoutable. De l'autre côté, une petite bourse de cuir était fermement attachée le long de la ceinture. Cette dernière maintenait parfaitement sa jupe faite de lanière de cuir descendant jusqu'au genou.

— J'espère que cette tenue et son équipement te plaisent. Annonça Perséphone avec beaucoup de satisfaction.
— Merci infiniment, je suis comblée par ces présents.
— Bonne chance, ne meurs pas trop vite !

La reine lui fit un signe de la main, marquant la fin de leur conversation. Hespéria se dirigea donc à l'extérieur de la grotte et prit le chemin qui se trouvait devant elle sans se retourner, les poings serrés, sa détermination sans faille la propulsant dans une quête folle et insensée.

Pendant ce temps, dans le Temple d'Hadès, ce dernier reprit place sur son trône et ne manqua pas de régler quelques comptes avec la mère de son enfant.

— Ainsi donc tu m'as caché un lourd secret. Déplora Hadès qui se rassit dans son trône sinistre.
— Ne le prend pas mal, je ne voulais pas forcément que cet enfant subisse le même sort que les deux précédents que tu as eus avec Perséphone.
— Certes, j'entends cela. Mais ne t'avise plus de me mentir.
— Tu oublies à qui tu parles, roi des Enfers. Je suis Nyx, je proviens du chaos primordial. Je suis ce que tu ne

saurais espérer, l'incarnation de la nuit elle-même ou j'en suis la guide et la maîtresse. Même ton frère me craint bien plus que tu ne peux l'imaginer.
— Zeus n'est plus ce qu'il était, Hespéria va semer une belle pagaille et j'en profiterai.
— Ton entreprise n'est pas bonne et tu le sais, les Dieux de l'Olympe sont très unis malgré leurs querelles incessantes. Ce n'est pas de cette façon que tu réussiras à prendre le contrôle de la surface.
— Et que proposes-tu ? Que nous faisions marche commune avec notre fille ? On ne sait même pas de quoi elle est réellement capable...
— Elle a notre sang, elle sera sûrement plus qu'à la hauteur de sa tâche. Espérons qu'elle ne te supplante pas entre temps...
— Baliverne, je réussirais quoi qu'il m'en coûte. Mon échec sera lourd de conséquences et j'en accepterai le prix. Je me suis habitué à une condition qui ne m'as jamais convenu, je suis ici depuis si longtemps...

En un gigantesque brasier incandescent le recouvrant intégralement, Hadès disparut, laissant son trône vide et Nyx à ses pensées.
— Pauvre fou...

CHAPITRE 4
PREMIER DÉFI

Hespéria se sentait plus vivante que jamais. Après son périple dans les Enfers et des rencontres au-delà de toute imagination, elle marchait désormais sur un sentier qui la mènerait vers sa destinée. Ses mains effleuraient sans cesse son équipement, une armure de grande qualité et d'une robustesse exceptionnelle, capable de la protéger dans n'importe quelle escarmouche. Cependant, la jeune déesse se sentait accablée par son casque oppressant. Avec la chaleur implacable du Péloponnèse, elle décida de le porter sous son bras gauche afin de capter la moindre brise marine pour un peu de fraîcheur, laissant ainsi ses longs cheveux noirs danser au gré du vent.

Cela faisait de longues heures qu'elle avançait sans relâche. Sa nouvelle condition physique lui permettait de parcourir de grandes distances, malgré l'effort que cela demandait. De plus, elle ne ressentait ni la faim ni la soif, ce qui la troublait profondément. Soudain, elle distingua au loin ce qui semblait être des marchands se dirigeant vers elle.

Ils étaient peu nombreux, malgré un chargement imposant. Trois hommes, accompagnés d'un âne épuisé, peinaient sous le poids de grands paniers en osier remplis à ras bord. L'un des

marchands agitait frénétiquement les bras vers Hespéria, comme s'il avait besoin d'aide de toute urgence. En s'approchant lentement, elle remarqua des taches de sang sur la toge de l'un d'eux. Instinctivement, elle posa ses doigts sur la poignée de son glaive, prête à faire une sommation des plus inattendues.
— N'avancez plus, bande de brigands, ou je vous fais la peau !

Les hommes s'arrêtèrent immédiatement et mirent leurs mains devant eux, prouvant qu'ils n'avaient aucune mauvaise intention. Se rendant compte de la situation, elle relâcha son arme et se rapprocha un peu plus près de l'âne et posa sa main sur le chanfrein de ce dernier avec douceur.
— Tu as l'air épuisé, mon ami, constata-t-elle en caressant légèrement l'animal.
— Nous avons besoin d'aide ! demanda l'un des hommes.
— L'un d'entre vous est en sang, rétorqua la jeune femme. Que s'est-il passé et pourquoi me sollicitez-vous ?
— Un monstre, une abomination nous a pris pour cible dans les collines. Nous avons juste réussi à nous enfuir, mais notre ami a été salement griffé.

Hespéria avait probablement attendu cela toute sa vie. Une opportunité incroyable se présentait à elle, qui lui permettrait de prouver sa valeur. Néanmoins, elle souhaitait avoir quelques

infirmations supplémentaires avant de partir tête baissée.
— Comment était cette créature ?
— Grande comme un géant ! répondit l'homme couvert de sang. On aurait dit une sorte de lion enragé avec de grandes ailes de chauve-souris. On a eu beaucoup de chance de nous en sortir.

Hespéria s'approcha des hommes et observa la blessure en question. Il s'agissait sans nul doute d'une immense griffure. Les plaies étaient profondes et avaient besoin de soin de toute urgence afin d'éviter toute infection.
— Vous devriez aller à la cité avoisinante pour vous faire soigner et surtout permettre à ce pauvre animal de se reposer, il est à bout.
— Vous avez raison, répondit l'un des hommes. Argos n'est pas très loin.
— Argos ? répéta la jeune femme avec un certain agacement. Si l'armée la plus proche est celle de cette cité, en effet il vaudrait mieux que j'intervienne.
— Vous êtes une mercenaire de Sparte, c'est bien ça ?
— Une mercenaire, je suis...

À cet instant, elle stoppa sa parole et se mit à réfléchir. Si elle dévoilait sa réelle identité, il y a des chances que des dieux la remarquent. Elle devait rester discrète avant d'avoir la fameuse épée que son père lui avait promise afin de libérer son plein potentiel, permettant ainsi d'accomplir ses ambitions.

— Tout ce que vous devez savoir à mon sujet, c'est que je suis une guerrière redoutable et en effet, je viens de la grande Sparte.

— Nous n'allons pas vous déranger plus longtemps, nous voulons rester en dehors de tout cela, nous ne sommes que d'humbles marchands.

— Très bien, débarrassez-moi le plancher, que je m'occupe de ce monstre, décréta la jeune femme qui prit la direction des collines, laissant sur place trois hommes circonspects par cette rencontre des plus particulières.

Après avoir gravi les pentes douces des collines qui surplombaient la cité antique d'Argos, la déesse atteignit enfin le sommet de la plus imposante d'entre elles. Là, se tenant au bord de ce promontoire naturel, elle laissa son regard divin embrasser l'immensité du paysage qui s'étendait à perte de vue. L'horizon dévoilait, dans une clarté presque surnaturelle, la majestueuse cité d'Argos, rivale de Sparte, dont les murailles se dressaient fièrement le long des rives sinueuses du fleuve Inachos. Les plaines environnantes, vastes et nues, offraient un panorama grandiose, parfait pour anticiper les mouvements d'une armée en marche, comme si le sol lui-même se pliait à la volonté des dieux pour servir de champ de bataille.

Sous ses pieds, un vent léger faisait frémir la végétation, tandis que ses yeux acérés captèrent soudain un détail au loin : un discret sentier serpentant en contrebas, menant vers une clairière secrète, nichée au pied d'une falaise vertigineuse et solitaire. Un frisson d'intuition parcourut son être, comme un murmure des anciens, l'incitant à descendre. Sans hésitation, la déesse s'élança, sachant que le danger l'attendait au bout de ce chemin mystérieux.

Durant sa descente, elle trouva de légères traces de sang, probablement laissées par le marchand qui avait été blessé. Elle sentit également une odeur assez désagréable, laissant deviner qu'un animal se trouvait dans ces lieux avec ses petites habitudes. Une fois en bas du sentier, elle le vit. Un immense lion ailé était allongé sur le sol, en pleine sieste. Regardant tout autour d'elle avec prudence, elle remarqua bon nombre de restes d'animaux en tout genre, mais également quelques restes humains, prouvant que cette créature sévissait dans ce lieu depuis un certain moment.

Elle dégaina lentement son Xiphos de son fourreau de cuir et se prépara à une bataille des plus difficiles. Sans savoir pourquoi, ses jambes étaient tremblantes et son rythme cardiaque ne cessait de s'accélérer. Jamais elle n'aurait imaginé que la peur prendrait le dessus dans une telle situation. Pourtant, elle rassembla toutes ses forces et son courage pour se lancer dans cet affrontement périlleux. La jeune femme continua sa lente progression sans faire de bruit, afin de terrasser l'abomination durant son sommeil. C'est alors qu'elle se prit les pieds sur une roche et elle tomba au sol à plat ventre dans un fracas monumental. Elle releva la tête afin de voir si elle était repérée : elle découvrit avec effroi que le lion la regardait intensément et grognait avec agacement devant celle qui violait les limites de son territoire.

Durant sa chute, le casque de la jeune femme fut projeté à quelques mètres face à elle et avait atterri devant les pattes du lion qui ne l'avait pas encore remarqué. C'est alors qu'il se redressa sur ses puissantes pattes et déploya ses ailes de chauve-souris. Il poussa un puissant rugissement et se mit à avancer lentement vers Hespéria qui s'était relevée en plaçant son glaive devant elle afin de paraître plus menaçante. Le fauve mesurait facilement trois mètres de haut, ce qui était colossal et littéralement impressionnant. Ce dernier balaya d'un violent coup de griffes le casque de la guerrière qui s'écrasa contre des roches.

— Très bien mon gros matou, il est grand temps que tu t'endormes définitivement.

À peine avait-elle terminé sa phrase que le félin bondit avec une férocité déconcertante. Hespéria esquiva de justesse la charge du lion et se remit en position, dans l'attente de son prochain mouvement. L'animal ne perdit pas de temps : en un éclair, il fondit de nouveau sur elle, frappant avec ses violentes et énormes griffes, mais manquant de précision. La spartiate ne recula pas : prise d'une détermination farouche, elle chargea à son tour l'animal, son glaive fendit l'air avant de s'abattre brutalement sur le flanc gauche de la bête. Le coup d'Hespéria porta ses fruits, mais la riposte fut fulgurante et immédiate. Le félidé, rugissant de rage, balaya Hespéria d'un coup de patte puissant, la projetant contre les rochers qui avaient déjà accueilli son casque. La jeune déesse se releva difficilement, récupéra son couvre-chef avant de l'enfiler ce qui lui conféra une allure héroïque.

C'est alors que l'inimaginable se produisit : le lion, les yeux incendiaires, cracha soudain un torrent de flammes. Sur le point d'être engloutie par le feu, Hespéria leva son avant-bras gauche pour se protéger et ferma les yeux, s'attendant au pire quant à son intégrité corporelle. Mais à sa grande stupeur, le feu du monstre ne l'affecta pas. Une fumée noire s'échappait même de ses protections de cuir et formait un bouclier mystérieux et envoûtant qui le préservait de l'assaut enflammé de la créature.

Pendant ce temps, en haut des falaises, une silhouette féminine magnifiquement parée observait la scène, un sourire énigmatique sur les lèvres. Elle semblait se délecter du spectacle que lui offraient la jeune déesse et le lion ailé.

C'est alors que l'animal, voyant que ses flammes n'avaient aucun effet, poussa un rugissement de frustration. Sans hésiter, il se jeta sur Hespéria en refermant ses crocs sur elle. Sa mâchoire puissante tentait de percer l'armure de la jeune spartiate, mais celle-ci tenait bon. En mauvaise posture, Hespéria laissa échapper malencontreusement son glaive, qui se planta hors de sa portée dans le sol. Violemment secouée, elle n'eut d'autre choix que de retirer son casque et, dans un acte désespéré, elle frappa la bête avec toute la force dont elle était capable. Le coup résonna dans la gueule de l'animal qui ne voulait rien lâcher.

Après une lutte acharnée, le lion projeta Hespéria à plusieurs mètres, pour venir s'écraser lourdement sur le sol. Le souffle court, la colère brûlait de plus en plus en elle. Elle savait qu'elle était en grande difficulté dans ce combat sans merci. La blessure qu'elle avait infligée au lion était certes superficielle, mais la créature, loin d'être affaiblie, semblait plus déterminée que jamais. Le prédateur commença à tourner autour d'elle, ses yeux brillants de cruauté, la déesse n'étant pour lui qu'un vulgaire morceau de viande prêt à être dévoré. Son casque et son glaive étaient hors d'atteinte, éparpillés loin de là. Hespéria sentait ses chances de survie s'amenuiser. Submergée par l'impuissance, elle tomba à genoux, des larmes de rage et de désespoir coulèrent sur son visage. Elle, qui s'était toujours considérée comme une guerrière invincible, n'était maintenant plus qu'une proie, acculée et désarmée. Son cœur lourd, elle laissa échapper un sanglot, trahie par ses propres forces.

— Je suis censée être une déesse... être puissante. Et je peux à peine battre un gros chat ailé. Je suis misérable...

Le lion ne se priva pas devant une telle opportunité, il bondit férocement en direction de celle

qui était venue troubler son repos et se préparait à en finir, toutes griffes dehors.
— Mais il est hors de question que je perde !!!

Soudain, contre toute attente, Hespéria se releva et tendit sa main droite vers le fauve qui déploya ses ailes, stoppant ainsi son avancée. En une fraction de seconde, de la fumée sombre s'échappa de la paume de la main de la déesse qui fut rapidement entourée par cette dernière. Lentement, la volute se matérialisa sous la forme de plusieurs dagues noires qui lévitaient tout autour de la jeune femme en direction de l'animal, dont le regard devenait confus.
— Maintenant tu crèves ! hurla Hespéria.

Une véritable salve de lames tranchantes s'abattit sur le lion, qui réussit malencontreusement à se protéger avec ses ailes en les plaçant devant lui. Cette attaque força la bête à rester à quelques mètres de son adversaire qui montrait des aptitudes absolument redoutables. Les poignards avaient infligé quelques blessures bénignes sur le corps de la créature qui s'en était bien tiré. Après avoir frappé leur cible, ils s'évaporèrent aussi vite qu'ils étaient apparus.
— Je n'en reviens pas, je peux donc manipuler selon mon imagination. Alors dans ce cas !

La déesse se mit en position afin de pouvoir créer avec ses nouvelles capacités une arme imposante, et cela fonctionna à merveille. Une immense épée tranchante apparut entre ses mains, l'obligeant à la tenir fermement en direction de sa cible. En une action furtive, elle se rua sur la créature et tenta de lui trancher la tête en un tour de main. Mais ce dernier se protégea de nouveau, cette fois-ci avec sa patte gauche, qui fut aussitôt sectionnée. Il se mit à rugir de douleur et tenta par tous les moyens de fuir les lieux pour sa vie. Or, la nouvelle déesse, ivre de puissance due à ses nouvelles capacités, propulsa son arme en direction de l'animal qui la reçut de plein fouet, le transperçant au niveau de l'abdomen. S'en était ainsi fini, il referma les yeux et poussa son dernier souffle, relâchant son corps sur le sol.

 C'était une première grande victoire pour Hespéria qui réalisait son rêve, un véritable accomplissement. Elle n'avait jamais douté qu'un beau jour, elle serait reconnue pour ce qu'elle est réellement : une guerrière. Elle vit alors son arme se volatiliser et redevenir une simple fumée qui fila le long de la fourrure de la créature, dont le sang se répandait rapidement. Sans aucune raison particulière, Hespéria s'offrit un trophée, comme preuve de sa bravoure et de son triomphe. Elle décida de relever les babines de la créature sans vie et d'y prélever une de ses puissantes canines. Elle voulait prouver que c'était bien elle qui avait terrassé cette menace pesante sur quiconque aurait le malheur de se retrouver en face d'un tel monstre.

 Soudain, sans qu'elle s'y attende, le lion se réveilla, ouvrit son immense gueule et se prépara à mordre férocement la jeune femme qui n'avait absolument pas anticipé cela. Mais au moment où ses crocs approchèrent dangereusement de la jeune spartiate, une minuscule dague se logea dans le crâne de la créature et la tua définitivement. Hespéria n'en revenait pas : on venait de lui sauver la vie.

— Eh bien, heureusement que je suis bien plus à l'affut que toi, petite guerrière, commenta une voix féminine postée sur l'étroit sentier qui donnait accès à ce lieu témoin d'un combat épique et légendaire.

La fille d'Hadès se retourna et vit une femme très bien vêtue avec de longs cheveux noirs se diriger lentement vers elle.

— C'est toi qui as lancé cette petite dague ridicule ? répliqua Hespéria en retirant l'arme de sa victime avec force.

— Oui, j'ai l'impression que tu es une sacrée novice, tu aurais pu te faire tuer à chacun de tes pas contre ce lion. Mais au vu de ce que tu es capable de faire, je dirai que tu dois être une déesse, ai-je raison ?

Hespéria était très embarrassée. Il lui serait plus qu'impossible de faire croire qu'elle n'est qu'une simple mortelle au vu des pouvoirs dont elle a fait preuve durant cette escarmouche. Durant un court instant, elle ne prêta pas attention à sa nouvelle interlocutrice et en profita pour récupérer son Xiphos en le rengainant dans son fourreau. Une fois son casque de nouveau en sa possession, elle entama une conversation qui allait être très surprenante.

— Vous ne vous êtes pas présentée, je me trompe ?
— En effet, mais je dois te confier mon ressenti.

— Je meurs d'envie de savoir, cela va sûrement être des plus intéressants, rétorqua Hespéria avec mépris.

L'inconnue était étonnamment ravie de la réaction de celle qu'elle avait aidée. La situation lui donna envie de révéler qui elle était réellement avec une sorte de soulagement.

— Je me nomme Éris, je suis la déesse de la discorde et entre autres, la fille de Nyx. Enchantée de te rencontrer enfin, sœurette !

— Quoi ? s'exclama la nouvelle divinité qui ne s'attendait pas à une telle révélation. Comment est-ce possible ? Comment savais-tu où je me trouvais ?

— Hum... Tu n'es pas très dégourdie.

Hespéria s'emporta et saisit avec brutalité la toge de celle qui prétendait être de son sang.

— Ne me prends pas pour une débile, je suis plus que tu ne seras jamais.

— Calme-toi, voyons, tempéra Éris en se dégageant de l'étreinte de son interlocutrice. Je suis juste venue te rencontrer. Ma mère m'a fait part de ton existence et je voulais absolument voir qui tu étais. Tu sais, découvrir un nouvel enfant d'Hadès qui se trouve à la surface, ce n'est pas très commun.

La guerrière se sentait confuse à la suite de ces explications. Mais sa fierté mal placée lui interdisait de s'excuser et même d'être amicale avec sa demi-sœur. Elle lui demanda, toujours sur la défensive.

— Es-tu ici pour me combattre ?

— Mais tu ne comprends pas grand-chose à ce que je vois, déplora la déesse de la discorde. Je souhaite simplement faire ta rencontre, rien de plus ! Après, je dois bien l'avouer, j'aimerais bien que nous soyons bonnes copines, toutes les deux !

— Je ne suis pas une personne qui apprécie la compagnie. Je fais ma route seule.

— Je reconnais bien là le tempérament de ton paternel. Soit ! Si tu souhaites me revoir, je vais t'en donner la possibilité.

— Et si je ne veux pas ?

— Arrête de faire l'insolente. Je suis certaine que tu n'es pas ici par hasard... Peut-être as-tu un plan machiavélique avec ton père ? Vu sa réputation à créer toute sorte de plans afin d'obtenir l'impossible, je n'en serai pas surprise.

— Je n'ai rien à te dire. Mais je dois bien avouer que les légendes que j'ai entendues sur toi m'intriguent. C'est vrai que tu as causé une guerre à cause d'une pomme ? l'interrogea Hespéria, curieuse.

— Ma réputation me précède toujours ! répondit Éris avec une certaine mélancolie, mais également, une grande satisfaction. Oui, tu as raison. Je dois te confier que je n'avais aucune idée de la tournure des événements. Je voulais juste causer une grande mésentente entre certaines déesses qui me révulse. Mais bon, mes actes ont de lourdes conséquences encore aujourd'hui.

— À part la destruction d'une cité devenue mythe, je ne vois pas de quelles conséquences tu parles.

— Tu inviterais la représentante de la discorde à un banquet ?

— Oui en effet, je vois. Bien, j'ai été assez ravie de te rencontrer, mais j'ai fort à faire, déclara Hespéria qui voulait mettre un terme à la conversation. Je me dois de me remettre en route.
— Bien sûr. Je te laisse la petite dague qui m'a permis de tuer ce gros chat ailé, proposa Éris en lui tendant son couteau.
— Je viens de découvrir que je pouvais créer des armes à volonté, pourquoi dois-je m'encombrer d'une arme aussi risible ? demanda Hespéria avec une certaine mesquinerie.
— Il n'en est absolument rien, chère sœur. Avec cette arme risible comme tu dis, tu pourras m'invoquer et me faire apparaître, et ce quel que soit le lieu où tu te trouves. En revanche, ne me convie pas à une bataille, je ne suis en aucun cas une guerrière.
— Mon père m'avait confié que tu pourrais me venir en aide, mais si tu ne combats pas, que peux-tu m'apporter ?
— Je vois, ainsi donc tu es ici pour accomplir les machinations de ton paternel, comprit la déesse de la discorde. Voilà qui est fortement intéressant. Laisse-moi deviner, toujours la même rengaine ?
— Quelle rengaine ?
— Détrôner son frère et prendre le contrôle de la surface ! Voyons, quoi d'autre ? Ce vieux grincheux ne changera donc jamais.

Hespéria était assez étonnée de la réaction de sa demi-sœur qui semblait se moquer. En outre, les récits légendaires ont toujours parlé d'une grande rivalité entre Zeus et Hadès, le raisonnement d'Éris était des plus logiques. Toutefois, un léger doute habitait la jeune déesse. Son père lui a donné des instructions claires et la première était de ne pas se faire repérer, et encore moins d'être connue des dieux. Malgré cela, l'une d'entre eux était déjà au fait de son existence.

— Éris, je n'ai pas du tout pour habitude de m'allier avec les autres, encore moins quand je les connais seulement depuis quelques minutes. Cependant, je risque d'avoir besoin d'un coup de main.

— J'avais donc vu juste. Je serai ravie de te venir en aide. De quoi as-tu besoin ?

— Au moment venu, il me faudra tes talents de... comment dire... de...

— De discorde ! Avec joie. Mais j'ai une petite requête à te soumettre.

— Rien d'insensé, j'espère !

— Non, je veux juste que nous soyons proches, comme de véritables sœurs. J'apprécie la solitude, mais avoir quelqu'un avec qui parler et passer de bons moments, encore plus lorsqu'il s'agit de ma petite sœur, ce serait un vrai bonheur pour moi. Après tout, je ne suis qu'un paria.

— Très bien, je ferai l'effort.

— MERCIIIII ! cria Éris en se jetant dans les bras d'Hespéria.

Cette dernière fut surprise par un tel élan affectif, peu habituée à ce genre de réaction. Durant l'étreinte, elle s'était raidie, subissant la sympathie de sa demi-sœur qui l'étreignait chaleureusement. Mais au bout de quelques secondes, appréciant cet instant de complicité, elle se laissa aller et accepta cette accolade en la prenant à son tour dans ses bras.

— Tu auras sûrement une alliée de grande envergure sur l'Olympe, annonça Éris dans un calme olympien.

— Comment ça ? rétorqua Hespéria se libérant de l'étreinte de sa fraternelle.

— S'il y a bien une déesse qui voudrait que Zeus ait des ennuis, c'est bien sa propre femme, Héra. Qui plus est, elle est également la sœur de ton père, elle serait peut-être ravie d'un changement.

— Et comment je fais pour lui parler ou même la rencontrer ?

— À quelques kilomètres se trouve la cité d'Argos, elle en est la protectrice. Sèmes-y le chaos et elle devra intervenir, tu auras une entrevue avec elle, qui sait !

— En tant que spartiate, rien ne me fera plus plaisir que d'attaquer cette cité à moi seule, je vais bien m'amuser...

À cet instant, Éris se transforma et fit apparaître deux puissantes ailes derrière son dos. Ces dernières étaient aussi sombres que la nuit. Elle prit son envol en un battement qui souleva beaucoup de poussière, forçant Hespéria à mettre son avant-bras droit devant son visage. Restant à quelques mètres du sol, elle se permit de dire au revoir à sa demi-sœur à sa façon.

— N'oublie pas, utilise ma dague pour m'invoquer, j'apparaîtrais en quelques secondes. Fais attention à toi et à très bientôt, j'espère.

— Mais attends ! Je dois faire quoi avec...
SSSHHHHHH !!

Éris quitta les lieux en une fraction de seconde. Sa vitesse fut si prodigieuse qu'Hespéria la perdit de vue presque instantanément. Elle prit le temps de s'asseoir sur le sol afin d'analyser les derniers événements qui venaient de se passer et marmonna :
— Bon, faisons le point. J'ai vaincu mon premier monstre et j'ai fait la rencontre d'une nouvelle déesse qui n'est autre que ma demi-sœur. Décidément, je passe les meilleurs moments de ma vie ! Néanmoins, je dois absolument suivre son conseil concernant Argos. Quel pied ça va être de mettre la misère dans cette cité de pacotille ! Je ferai en l'honneur de Sparte ! Allez, en route !

Après s'être posée quelques instants, Hespéria se releva et glissa la dague au niveau de sa jupe de cuir. Le corps de la créature était toujours allongé au centre de la clairière qui, ce jour-là, avait retrouvé son calme d'antan.

Elle reprit le petit sentier qui l'avait mené en ce lieu pour regagner la hauteur de la colline. Après une montée escarpée et difficile, la jeune femme eut un point de vue incroyable sur la cité qui était maintenant sa prochaine destination. S'imaginant triompher face à cette contrée dans un véritable bain de sang avec tous les honneurs que cela implique, elle enfila son casque avec grâce et détermination. Serrant ses poings de toutes ses forces, Hespéria prit donc la direction d'Argos.

CHAPITRE 5
LE CARNAGE

Cela faisait une bonne heure qu'Hespéria arpentait les grandes plaines situées autour de la cité rivale de Sparte. Argos semblait paisible en cette journée ensoleillée. S'étendant sur une large surface, la ville antique proposait une myriade d'activités qui plairaient à n'importe quel voyageur. Les temples, dont le plus imposant dédié à Aphrodite et autres théâtres, offraient un enrichissement religieux et culturel important. Mais ce qui faisait la renommée de cette cité était ses thermes, qui apportaient guérison et bien-être à sa population. En outre, on y trouvait également un marché très important qui offrait tous les trésors du Péloponnèse.

En arrivant aux abords de la cité, Hespéria eut un large sourire qui n'envisageait rien de bon pour les personnes qui allaient croiser son chemin. Elle constata que les portes de la ville étaient grandes et ouvertes, avec bien peu de soldats pour la protéger. La paix régnait depuis de longues années, ce qui expliquait aisément un tel relâchement au niveau de la sécurité. La jeune femme décida de continuer sa route, mais très vite, elle remarqua que tout le monde lui jetait un regard des plus méprisants. La tenue qu'elle portait en était sûrement la conséquence. La cape rouge sang si emblématique des soldats spartiates ne pouvait passer inaperçue, et cela valait partout dans toute la Grèce antique. Qui plus est, sa tenue de guerrière la faisait passer non sans mal pour une mercenaire, ce qui était peu rassurant pour les citoyens, méfiants, qui circulaient à quelques mètres d'elle.

Hespéria arriva enfin devant les portes de la ville où deux guerriers étaient en poste. Sans aucune surprise, ces derniers lui firent signe et se rapprochèrent.
— Halte-là ! ordonna le soldat le plus aguerri. Que vient faire une mercenaire de Sparte dans notre cité ?
— Moi, une mercenaire ? rétorqua-t-elle, surprise d'être considérée comme telle. Écartez-vous et vous vivrez encore un peu.

Étonnement, les gardes la prirent au sérieux immédiatement et l'un d'eux appela du renfort. En quelques secondes, une dizaine d'autres combattants arrivèrent à toute vitesse afin de sécuriser les lieux et évaluer la situation. Les villageois alentour se mirent rapidement à l'écart afin de regarder la scène. L'un des soldats qui venaient d'arriver voulait en découdre et se posta devant ses camarades.
— Les spartiates ne sont pas les bienvenus ici, ils opèrent un demi-tour et ne reviennent pas, lui dit-il d'un ton menaçant. S'ils ne respectent pas nos ordres, ils gagnent un aller simple pour le Styx.

— Quel accueil ! répliqua Hespéria qui n'en demandait pas tant. Je vais où je veux, minable. Dégagez et je vous épargnerai peut-être.

À la suite de cette invective, les soldats prirent en main leurs armes et se préparèrent à un affrontement inévitable. Très en confiance, ils commencèrent à encercler l'intruse afin de la mettre en grande difficulté et de limiter ses chances de nuire aux citoyens. Leur équipement était semblable à celui de la déesse qui leur faisait face : ils portaient une cuirasse basique et un casque massif, tenant uniquement leur glaive d'une main ferme et déterminée.

— Dépose tes armes et rends-toi, ou bien repars ! ordonna de nouveau le même garde qui intensifia sa demande.

— Franchement, vous faites pitié… déplora Hespéria qui savoura cet instant avec un petit sourire moqueur. Je vais tous vous terrasser en un seul coup. Vous ne savez pas que vous avez à faire à la puissante guerrière au monde !

— Tssss ! Laisse-nous rire, se moqua un soldat mal avisé. Je vais te tuer moi-même en un éclair !

Il se rua sur Hespéria de toutes ses forces et abattit son glaive sur la cuirasse de cette dernière. Le bruit de l'impact était impressionnant. Le pauvre garde vit avec effroi son arme se briser en deux comme un vulgaire morceau de bois sur son adversaire, qui n'avait pas vacillé d'un iota et s'amusa de la situation.

— Vermisseau !

Après cette invective, la déesse saisit à la gorge le malheureux et le souleva d'une seule main. Ses pieds ne touchaient plus terre. Désespérément, il tenta vainement de mettre des coups de poing et de pied à l'intention de la jeune femme en guise de défense. Mais malgré ses tentatives désespérées, il échoua à se défaire de son étreinte, qui commençait à resserrer ses doigts sur son œsophage et l'empêcha petit à petit de respirer.

— C'est tout ? Déjà fini, petit soldat ?

Les autres guerriers, impuissants face à leur camarade haletant et prisonnier de la dangereuse spartiate, étaient comme paralysés par la peur, ils n'avaient jamais rien vu de tel. Lassée par ce petit jeu, Hespéria broya la gorge de sa victime et jeta son corps qui s'écrasa de manière grotesque dans un fracas épouvantable contre les murs de la ville. Les citoyens restés à l'écart se mirent à hurler et à fuir en direction des champs, totalement terrorisés. Les soldats restants évaluaient leurs chances de survie et commencèrent à comprendre que la situation était plus que délicate pour eux. Rassemblant leur courage, certains tentèrent un dernier coup de bluff par l'intermédiaire d'une forte sommation.

— Maintenant, tu déposes tes armes sur le sol ! hurla l'un des gardes qui fit un pas en avant.

Hespéria savourait la situation avec beaucoup de sadisme. C'était le genre d'évènement qu'elle avait toujours attendu tout au long de son existence. Elle sourit et relâcha son glaive qui s'écrasa lourdement sur le sol.

— J'ai une petite question ! s'exclama-t-elle d'une petite voix fluette.

— Silence, recule maintenant ! ordonna un autre soldat qui s'avançait prudemment.

La jeune déesse fit quelques pas en retrait tout en gardant un large sourire, se préparant aux plus impensables des actes. Le guerrier arriva à portée de main de l'arme et s'en saisit. Avec un immense étonnement, il ne put déplacer cette dernière d'un moindre millimètre. À cet instant précis, les soldats se jetèrent des coups d'œil complices les uns les autres, en tentant de se rassurer et de reprendre une confiance qui venait de s'évaporer.

— Messieurs, j'ai oublié de poser d'autres armes !

Soudain, Hespéria écarta les bras et les leva au niveau de ses épaules, surprenant ainsi les protecteurs de la cité d'Argos. Deux colonnes de fumée s'échappèrent des mains de la jeune femme qui commençait à ricaner, satisfaite de son plan machiavélique. C'est alors que des dizaines de dagues se matérialisèrent, formant une véritable barrière tout autour de leur invocatrice. De nombreux hommes en armures accoururent depuis l'intérieur de la citadelle, probablement alertés par les cris effrayés de la population. Les nouveaux venus furent estomaqués de ce qui se produisait sous leurs yeux. La jeune femme se réjouissait du nombre d'adversaires qui ne cessait d'arriver, un véritable bataillon se mit en place

devant elle. Hélas, ils étaient désorganisés, les derniers hommes arrivés portaient de solides boucliers, mais ils n'étaient pas en première ligne afin d'assurer une protection efficace.
— Une dernière volonté, les minables ? demanda-t-elle avec un sadisme non dissimulé.

En un geste parfaitement maîtrisé, Hespéria tendit ses bras en direction des soldats, projetant ainsi toutes les armes sur ces derniers qui les prirent de plein fouet. Ceux qui avaient un bouclier réussirent à se protéger un minimum, tandis que les autres furent littéralement découpés par les violents impacts des lames. L'entrée de la cité devint alors un véritable charnier où le sang coulait à flots.

Hespéria avançait avec une lenteur calculée vers les soldats rescapés, pendant que les dagues se dissipèrent des corps des hommes qui étaient tombés dans cet affrontement, dans ce lieu qui était devenu un cimetière à ciel ouvert. La terreur s'insinua parmi les survivants, qui perdirent d'un coup leur expérience et leur courage. Toutefois, ceux-ci formèrent rapidement une phalange, tentant de se protéger derrière leurs boucliers. C'était un mouvement tactique réfléchi, conçu pour tenir bon contre toute attaque, mais leur unique adversaire savait que cette résistance était vaine.

Son sourire était bien plus qu'un simple rictus, c'était une promesse de carnage. Hespéria attendait ce moment avec impatience, rêvant déjà du chaos qu'elle s'apprêtait à semer. La déesse chargea soudainement, fracassant la formation avec une force impitoyable. Les boucliers volèrent en éclats, projetant de nombreux soldats dans les airs comme des feuilles mortes emportées par le vent. Certains hommes furent brisés instantanément, leurs os réduits en miettes par l'impact provoqué par la femme avide de sang.

Hespéria ne s'arrêta pas là. Elle s'avança parmi les débris humains, éliminant chaque soldat d'une brutalité sans merci. Ses coups de poing, chacun doté de la force d'un titan, écrasaient crânes et côtes. Ceux qui tentaient de fuir furent rapidement rattrapés par des dagues invoquées et projetées vers eux avec une précision mortelle. Les lames traversaient l'air en sifflant, se plantant dans les corps des fuyards comme des harpons. Leurs cris désespérés et terrifiés s'éteignaient en un clin d'œil, laissant place aux rires sinistres de la jeune déesse.

Quand tout fut terminé, il ne resta que des corps brisés et des fragments de boucliers éparpillés sur le sol. La cité d'Argos était sans défense, il n'y avait à cet instant plus de guerrier sur son chemin pour la protéger. Hespéria s'engagea alors dans les ruelles, son visage dénué d'émotion, mais les yeux pétillants de cruauté. Elle avançait avec une confiance débordante, chaque pas faisant résonner le silence oppressant qui s'était installé après la tempête. La ville n'avait pas encore vu le pire. Les citoyens s'enfermaient chez eux et se barricadèrent du mieux possible, craignant pour leur survie. Ceux qui n'étaient pas près de leur maison fuyaient à toute jambe à travers les ruelles étroites de la cité. Néanmoins, il restait encore une partie de l'armée d'Argos, qui se mobilisa et se rapprocha au plus vite de l'intruse qui répandait la mort sur son passage et laissait dans son sillage les malheureux qui croisèrent sa route.

La déesse remarqua des torches placées devant l'entrée d'une auberge. Ces dernières étaient allumées et brûlaient avec vigueur, cela lui donna une idée des plus abjectes. Elle décida de s'en servir, afin de les utiliser à des fins douteuses. Mais au moment de les saisir, un étrange et immense coup de vent éteignit les torches d'un seul coup. Hespéria le savait pertinemment, ce qui venait de se produire n'était absolument pas naturel. Elle baissa la tête et prit une grande inspiration.

— À qui ai-je l'honneur ? demanda-t-elle avec un certain mépris.

— Ton petit jeu s'arrête maintenant, rétorqua une voix féminine emplie d'autorité. J'ai vu ce que tu étais en train de faire à cette cité et son peuple, je n'aurais aucune compassion à ton égard.

La jeune spartiate se retourna et elle fit face à une femme d'une grande beauté.

— Je déteste me répéter, grande asperge. Qui es-tu ? s'impatienta Hespéria.

— Insolente. Tu n'as donc aucune idée de mon identité ? Voilà qui me rend bien perplexe. Je suis la souveraine de l'Olympe, je suis Héra.

Hespéria n'en revenait pas d'avoir une telle figure mythique devant ses yeux. L'épouse de Zeus dégageait une aura de dignité et de souveraineté. Ses longs cheveux bruns, avec quelques reflets dorés, ondulaient le long de ses fines épaules. Son visage était empreint d'une certaine gravité, reflétant son rôle de reine des dieux et sa position de pouvoir. Concernant sa tenue, Héra était raffinée et très élégante. Sa robe, d'un bleu profond, était longue et fluide, ornée de broderies complexes et de quelques motifs raffinés comme ceux que l'on pouvait trouver dans les temples qui lui étaient consacrés. Elle arborait également un diadème qui soulignait une fois de plus son statut parmi les immortels. De nombreux bijoux, tels que des bracelets, des boucles d'oreilles ainsi que des colliers, lui rendirent une allure majestueuse.
— Que fais-tu dans cette cité ? demanda la reine des dieux avec une certaine colère.
— Je viens juste m'amuser, rien de plus.
— T'amuser ? Es-tu folle ? Te rends-tu compte des actes que tu es en train de commettre ?

Hespéria affichait un large sourire, qui agaça profondément la souveraine de l'Olympe. En réalité, Argos était sous la protection de cette dernière, et un tel affront ne pouvait être toléré. Héra se rapprocha au plus près de celle qui avait laissé sa fureur se répandre sur Argos. Mais à son contact, elle fut comme envoûtée par le regard de la jeune femme qu'elle identifia immédiatement.

— C'est impossible, souffla Héra, surprise.

La souveraine des dieux se saisit d'une mèche de cheveux de son interlocutrice. Portant ce qu'elle tenait à ses narines, la déesse s'imprégna de son odeur et reconnut aussitôt un effluve qu'elle avait presque oublié. Avec cette information, il n'y avait plus aucun doute.

— Ainsi donc, tu es la fille d'Hadès.

Hespéria s'écarta d'Héra et fit un pas en arrière, surprise et effrayée d'avoir été identifiée aussi facilement. Les indications de son père étaient pourtant plus que claires : elle ne devait en aucun cas révéler son identité. Héra possédait désormais une information qui allait mettre un terme prématuré aux agissements de son père.

— Ton attitude et ton silence éloquent me donnent ainsi raison, murmura Héra face à la mine déconcertée et le mutisme de la jeune spartiate. Je dois dire que je ne m'attendais pas à une telle révélation, et encore moins à une telle occasion…

— Une occasion ? rétorqua la jeune femme qui ne comprenait pas vraiment le résonnement de la reine. Je n'ai aucune sympathie, ni pour vous ni pour les autres misérables dieux de l'Olympe.

— Ainsi donc, c'est la haine qui te motive et t'anime. Voilà qui n'est pas très étonnant. Je dois bien t'avouer que ta présence à la surface m'intrigue au plus haut point. Les autres enfants de ton père n'ont pas vraiment bénéficié d'un tel traitement. Je dois donc en conclure que tu es ici uniquement pour assouvir les ambitions du roi des Enfers !

Hespéria ne dit mot et défia du regard celle qui l'avait percé à jour en un instant. Ne sachant pas comment réagir, elle décida de brouiller les pistes avec une conviction des plus déplorables.

— Je ne vois pas de quoi tu parles. Je suis une simple guerrière spartiate qui a soif de prouver sa valeur !

— J'accepte que tu me prennes pour une ignare. Pourtant, tu as fait preuve de franchise à la fin de ta phrase. Tu souhaites donc démontrer ta valeur ? répéta Héra, intriguée. Explique-toi.

La jeune déesse comprit aisément que la protectrice d'Argos était bien plus érudite qu'elle-même. Elle décida de jouer la carte de l'honnêteté en restant tout de même assez évasive sur les plans de conquête de son père.

— Très bien. Je souhaite prouver ma valeur en défiant les plus grandes armées du monde. Je veux obtenir une gloire éternelle !

— Hum je vois... Et je suppose que ton paternel t'a envoyé ici afin de tenter de renverser Zeus, une tentative désespérée de plus, j'imagine.

La rivalité entre les deux frères n'était absolument pas un secret pour personne. Il était plus que simple pour Héra de comprendre les ambitions de sa jeune interlocutrice. Cette situation était donc une aubaine pour la reine des dieux qui ne supportait d'ailleurs plus les infidélités de son époux. Elle cherchait un moyen de se venger de lui, et peut-être même, le supplanter. La venue d'une parfaite inconnue avide de gloire serait pour elle un pion très utile sur l'échiquier de ses conspirations. Restait à savoir si la jeune femme accepterait de la suivre dans une entreprise qui pourrait la mettre dans des difficultés plus grandes.

— Je ne suis pas ici pour assouvir les désirs de mon père, feignit maladroitement Hespéria. Je suis ici afin de créer ma propre légende.

— Ce qui est sûr, c'est que tu n'es pas la déesse du mensonge... Je peux t'aider, il suffit de demander. D'ailleurs, si Hadès est ton géniteur, qui est donc ta mère ?

— Tu devrais le savoir, toi qui es si forte. Argua Hespéria avec défiance.

Héra fut à la fois énervée et amusée par le comportement de l'intrigante jeune femme face à elle. Néanmoins, ce petit jeu n'était pas dans les habitudes de la reine, qui n'avait pas forcément de temps à perdre en bavardage inutile.

— Cessons cette comédie. Je vais être très claire, si tu as des machinations contre mon mari, je pourrais t'aider. Après tout, je pourrais en tirer aisément profit.

— Comment pourrais-je faire confiance à une épouse qui complote contre son mari ? Je me passerai aisément de votre aide.

Hespéria se mit à avancer en direction du centre de la cité afin de continuer ses mauvaises actions, au détriment de celle qui venait la mettre en garde. Lorsqu'elle passa à côté d'Héra, celle-ci la saisit par le bras avec force.

— Tu n'es qu'une petite écervelée si tu n'acceptes pas ma proposition. Ton immortalité n'est que trop récente, tu es jeune et tu manques clairement de discernement. Reprends-toi et écoute-moi, j'ai beaucoup à t'offrir.

— Tout comme les promesses de mon père. Je dois me salir les mains afin qu'il obtienne ce qu'il souhaite par mon entreprise. Je lui ferai payer le moment venu, mais je ne souhaite en aucun cas m'abaisser à aider d'autres dieux.

— Comment oses-tu ?!

— Où êtes-vous quand les hommes se déchirent sur les champs de bataille, quand les maladies font rage et nous déciment ? Vous vous pavanez sur votre Olympe et acceptez les offrandes généreuses des mortels depuis bien trop longtemps. J'ai accepté de rejoindre mon père non pas pour lui donner ce qu'il désire, mais pour prendre ce que vous avez depuis toujours ! Vos caprices ont coûté tant de vies, il est grand temps de mettre fin à vos règnes abjects.

Héra était littéralement outrée face aux propos inqualifiables que venait de lui prononcer Hespéria avec ardeur et espoir. Elle nota la volonté sans faille et inébranlable qui habitait la jeune femme et comprit sans effort que ses ambitions étaient très élevées, voire même insensées. Néanmoins, Héra pourrait tout de même tirer parti de cette fougue qui manque cruellement autour d'elle, dans son cercle de proches.

Une fois Zeus renversé, il serait plus que simple de se débarrasser d'une déesse depuis peu arrivée des Enfers. La probabilité qu'elle eût bon nombre de connaissances qui pourraient la secourir était peu probable, ce qui restait donc un réel avantage pour Héra.

— Où dois-tu te rendre ? demanda la reine avec fermeté.

— En quoi cela te regarde ? rétorqua Hespéria avec rage. N'as-tu donc rien écouté ?! Sais-tu combien de fois je t'ai prié pour me secourir ? Tu es bien la déesse de la famille, non ?

— Pas vraiment... du mariage, en réalité. Hélas, il m'est impossible d'entendre tout le monde, je n'ai guère de temps à consacrer à toutes les brebis galeuses de Grèce.

— Maudite sois-tu, Héra ! Je t'ai supplié de m'aider dans ma relation avec Briséis. Je sais maintenant pourquoi j'avais une telle haine en moi, une rage incontrôlable. Je n'étais pas fait pour vivre avec les mortels. Mais ma mère adoptive a tout fait pour me soutenir du mieux qu'elle a pu, je me rends compte à présent de mes erreurs...

— Alors, pourquoi me demander de te porter secours ?

— Car je l'aimais ! Je ne savais pas comment lui dire ni lui montrer, alors j'ai décidé de m'éloigner le plus possible d'elle ! Et elle est morte par ma faute... regretta Hespéria.

— Le destin des humains ne m'intéresse pas, arrête de pleurnicher et reprends-toi !

Pour la première fois de sa vie, Hespéria laissait les émotions s'exprimer, pleurant à chaudes larmes devant une déesse qui était méprisante et indifférente à son égard. D'un geste peu élégant, elle s'essuya rapidement le visage pour faire disparaître les larmes qu'elle venait de verser. Elle décida de négocier afin de voir si un marché avec la reine des dieux lui serait profitable.
— Que me proposes-tu ?
— J'ai besoin de connaître ce que tu envisages de faire.
— Je dois juste voir Héphaïstos, pour le reste, tu n'en sauras rien.
— Tu comptes te déplacer à pied ? l'interrogea Héra.
— Non, je compte débusquer un dragon dans une taverne ou bien faire appel à Pégase, bien sûr ! ironisa Hespéria avec un brin de mesquinerie. Bien évidemment que j'y vais à pied !

Héra hallucina face au culot de sa nièce, qui se montrait très irrespectueuse et arrogante. Elle décida de passer outre ces moqueries et tenta de remettre le sérieux au centre de ses négociations.
— Tu pourrais y aller en volant par exemple.
— En voilà une riche idée, mais cela ne fait pas partie de mes attributs. D'ailleurs, je dois bien avouer que je ne sais pas tout de mes pouvoirs, et encore moins mon rôle parmi les divinités.
— Tu auras le choix de ta destinée. Je peux te proposer une aide provisoire pour ton déplacement, insista Héra. Étant donné que tu ne me dis rien de tes réelles intentions, je ne t'accorderai rien d'autre.

— Je n'ai que faire de ton aide, je poursuivrai mon chemin seule. Je ne veux en aucun cas t'être redevable.

— Imbécile, tu devrais déjà être redevable que je te laisse la vie sauve, après ce que tu as fait à cette cité qui bénéficie de ma protection et de ma bénédiction. Accepte ce petit coup de pouce. Plus tu te feras remarquer, moins tu auras de chance de surprendre Zeus et ainsi dire, réussir tes ambitions, quelle qu'elle soit.

Hespéria prit un léger moment de réflexion. Néanmoins, un bruit lointain commençait à se faire entendre. Ce dernier troubla le calme inhabituel des lieux. Héra le savait pertinemment, ce qui était audible était tout simplement l'armée d'Argos qui arrivait à toute jambe. Le temps était compté, il lui fallait une réponse immédiate.

— Très bien, si tu ne prends pas de décision, je vais te forcer la main, annonça Héra en pointant du doigt les hauteurs d'une colline surplombant la cité. Dirige-toi au sommet, tu y trouveras le secours que je t'accorde. Si tu ne le souhaites pas, continue à pied.

— Attends, de quoi s'agit-il, au juste ? Qui plus est, je n'y ai strictement rien vu, j'en viens justement !

— Vas-y ! Et surtout ne touche plus à un seul soldat d'Argos, ou bien tu auras à faire à moi. À bientôt...

À la suite de ses paroles, Héra se volatilisa en un instant, ce qui déconcerta Hespéria qui se retrouvait soudainement seule, de nouveau livrée à elle-même. Au même instant, elle voyait au loin les pointes des lances tenues fermement par les guerriers qui arrivaient à un rythme soutenu. Contre toute attente et suivant le conseil d'Héra, elle se ravisa et prit la direction de la colline, fuyant ainsi le combat aussi vite que possible, de peur d'être poursuivie. Hespéria se retrouva en quelques secondes à plusieurs centaines de mètres des remparts, ce qui la surprit. Elle s'arrêta en glissant sur les cailloux, à cause de sa grande vitesse et se rendit compte une fois de plus de ses capacités physiques hors normes. La spartiate décida de s'asseoir à même le sol afin de prendre un petit temps de réflexion.

— Bien, la situation risque de m'échapper. Si je me fie à Héra, cela me fera une alliée très importante. Mais si elle se joue de moi, je suis fichue... Peut-être devrais-je demander conseil à mon père.

La jeune femme semblait perdue et légèrement démoralisée. Mais elle décida de se focaliser sur son objectif prioritaire et se ressaisit immédiatement. Elle se releva, retira son casque devenu étouffant à cause de la chaleur ambiante et se mit en chemin afin de monter la modeste colline qui se trouvait devant elle.

CHAPITRE 6
UN HOMMAGE

Hespéria grimpait lentement la colline. Il n'y avait qu'un petit sentier qui permettait une telle montée, ce qui n'était pas un problème pour la jeune déesse qui enchaînait les pas avec une facilité déconcertante. Un léger vent soufflait et apportait une fraîcheur plus qu'agréable et bienvenue.

Arrivant au sommet, elle aperçut rapidement un homme casqué qui faisait les cent pas, ce qui l'intrigua. La jeune femme décida de se rapprocher, car celui-ci se trouvait sur le lieu de rencontre qu'avait indiquée Héra. Il la remarqua enfin et se permit de lui adresser la parole afin de savoir si elle était la personne tant attendue par ce dernier.

— Vous êtes la mystérieuse guerrière de Sparte, c'est bien ça ?

Hespéria était plus qu'étonnée par la question qui semblait totalement normale et logique. Néanmoins, elle était surprise que son interlocuteur ne la considère pas comme une déesse à part entière. Elle devint rapidement que la reine de l'Olympe ne l'avait pas informé sur ses ambitions, encore moins sur son rang.

— Oui c'est bien moi, Héra a cru bon de m'offrir ses bienfaits et m'a demandé de rencontrer une personne ici même.
— Je vois, donc c'est à une pauvre mortelle en armure que je dois confier mes sandales, j'ai presque honte.
— Vos sandales ? rétorqua Hespéria qui ne s'attendait pas du tout à cela. Je n'en veux pas de vos godasses.

L'homme, à la chevelure blonde et bouclée, se targua d'un sourire qui en disait long. Ses chaussures étaient chacune parées d'une paire d'ailes, son casque saillant avait également les mêmes attributs. Il était vêtu d'une toge des plus banales et ne semblait montrer aucun signe de richesse. Soudain, Hespéria comprit qui elle avait en face d'elle.
— Mais vous êtes… !
— Oui oui, je suis bien trop facile à reconnaître : je suis le dieu des voyageurs, des carrefours, et ainsi de suite. Je suis Hermès, le messager des dieux.

La jeune divinité se trouvait de nouveau en présence d'un autre dieu de l'Olympe. Elle n'avait qu'une envie, celle de lui accorder une mort rapide, se souvenant de sa haine envers chacun d'entre eux. Mais il n'en sera rien, la présence du fameux messager lui apporterait une aide divine, elle allait donc faire profil bas, prendre son dû, et quitter les lieux en conservant son anonymat. Pour le moment, Hespéria décida seulement de faire preuve de bienveillance envers Hermès.
— Je suis honorée de vous rencontrer, lui dit-elle, ravie, j'ai tellement de chance de voir un dieu pour de vrai !

— Cesse ton attitude, je ne suis pas là par gaieté de cœur moi non plus, répondit-il avec indifférence. Venons-en au fait... Héra m'a demandé de t'aider à rejoindre mon frère, Héphaïstos.
— Et tu comptes me porter sur ton dos ? ironisa Hespéria.
— Tsss. Non, mais je vais te prêter mes sandales, elles te conduiront où tu le souhaites.
— Il est hors de question que je chausse ces trucs.

Hermès fut outré par le caractère désinvolte de son interlocutrice, qui remettait en cause l'utilité de ce qui fait sa renommée. Il pencha la tête en avant et arbora un sourire forcé, dissimulant au maximum son agacement.
— Bien, une fois que tu les auras mises, tu n'auras qu'à leur dire le lieu où tu souhaites te rendre. Cela fonctionne aussi avec le nom des personnes que tu connais. Et au cas où tu te poserais la question : oui, elles peuvent aller en Enfer en cas d'intentions douteuses.

Hespéria perdit patience, ne voulant aucunement porter ces sandales. Elle répliqua alors avec défiance :
— Je n'ai que faire de tes chaussures ailées, laisse-moi maintenant que je puisse reprendre ma route.
— Je crois que tu n'as pas très bien compris, petite garce, lui cracha Hermès de manière hautaine. Héra en personne m'a demandé un service, ce qui est assez rare. Étant donné sa position de reine parmi les dieux, il m'est impossible de refuser sa demande. En outre,

j'ai une obligation de résultat à lui apporter. Donc tu vas gentiment la fermer, mettre ces fabuleuses chaussures et ne plus jamais apparaître devant moi. Tu n'es qu'une mercenaire spartiate, ne l'oublie pas.

Les dernières invectives du dieu amusèrent énormément Hespéria qui s'imaginait déjà abattre ce prétentieux avec facilité. Elle fit un geste de la main montrant son accord, tout en gardant le silence. Elle retira ce qui lui servait de chaussures et se saisit de celles d'Hermès qui était plus que désemparé par la situation.

— Je te les confie, lorsque tu seras enfin arrivé chez Héphaïstos, tu pourras les retirer, elles me reviendront automatiquement.

— Tu vas donc rester ici ?

— Je n'ai pas trop le choix.

— Allez, donnez-les-moi... Mais avant, je vais en profiter pour faire un détour.

— Où comptes-tu aller ? l'interrogea Hermès, en levant un sourcil.

— Elles sont rapides ?

— Comment oses-tu poser une telle question ? Évidemment qu'elles le sont ! Allez, tiens ! Essaie de t'en montrer digne si jamais c'est possible.

Le messager des dieux venait de confier ses précieuses sandales à une parfaite inconnue qu'il méprisait déjà. Malgré tout, son sens de l'honneur l'obligea à faire une action qu'il considère pourtant comme ridicule, voire offensante.

La jeune femme les enfila et les chaussures se mirent à battre des ailes, permettant à la guerrière de flotter légèrement dans les airs. À quelques mètres au-dessus du sol, elle se sentit immensément bien, un sentiment de liberté la gagna aussitôt.
— Comment je fais pour leur demander de m'amener où je le souhaite ?
— Tu n'as qu'à l'annoncer à haute voix.
— C'est aussi simple que ça ! s'étonna Hespéria qui se préparait à visiter un endroit qu'elle a toujours rêvé d'explorer. Aux THERMOPYLES !

Soudain, les sandales la propulsèrent à une vitesse hallucinante en direction du lieu qu'elle venait de prononcer, laissant derrière elle un Hermès qui n'en revenait pas d'une telle ingratitude.
— Tu aurais pu me dire merci, petite mocheté mal élevée.

Cela ne faisait que quelques secondes que la jeune femme fendait le ciel à toute vitesse. Une sensation de liberté l'envahissait à chaque kilomètre parcouru avec une grande facilité. Le voyage ne dura que quelques minutes grâce à l'incroyable vitesse de ces sandales enchantées. C'est alors que ces dernières ralentirent petit à petit et commencèrent à se diriger vers le sol pour amorcer l'atterrissage. Hespéria était très émue en arrivant à sa destination : elle se posa au beau milieu de ce qui était autrefois le théâtre d'une des plus grandes batailles que le monde grec eût connu.

Les Thermopyles se situent dans une région où les collines verdoyantes se dressent fièrement sous un ciel d'un bleu profond. Elles se trouvent aux abords d'une vaste plaine traversée par un cours d'eau majestueux, dont les ondes scintillent sous les rayons du soleil. Les rives du fleuve sont bordées de peupliers et de saules, offrant un refuge aux oiseaux chanteurs et aux petits mammifères. Mais ce paisible paysage contraste avec le souvenir des événements qui se sont déroulés ici autrefois. Les récits des anciens racontent que les dieux eux-mêmes auraient observé cette bataille, leurs murmures se mêlant au bruissement des feuilles dans les arbres. Au loin, les collines semblent veiller silencieusement sur la plaine, témoins immuables du passage du temps et des conflits qui ont secoué cette terre. Le sol est imprégné de l'histoire de ceux qui s'y sont combattus, où le sang des antiques guerriers a fertilisé la terre et où les pierres conservent encore les cicatrices des affrontements passés. Des légendes circulent encore aujourd'hui sur les héros qui se sont distingués lors de cette bataille, ainsi leurs noms résonnent dans les chants à travers les âges. Dans l'air flotte une atmosphère mystique, imprégnée de la grandeur et de la tragédie des événements qui s'y sont déroulés.

Cet endroit, c'est bien plus qu'une simple plaine ou un fleuve tranquille. C'est un lieu chargé d'émotions, de souvenirs et d'épopées, où le passé et le présent se rejoignent dans un éternel ballet entre la réalité et la mythologie.

Hespéria était plus que comblée et émue de se trouver dans un lieu aussi mémorable et sacré. Ayant grandi aux portes de la cité de Sparte, les récits des fameux trois cents et de son roi légendaire Léonidas avaient bercé toute sa vie. Ces derniers avaient fait naître en elle ses ambitions démesurées de conquête militaire et de gloire sur les champs de bataille. Désormais, sa vie avait considérablement évolué. Devenue une déesse des ombres, elle savait pertinemment que cela impliquerait de grandes responsabilités et qu'elle rencontrerait des situations périlleuses.

Hespéria marcha quelques minutes en se visualisant à combattre auprès des fiers soldats de Sparte. Elle sentit la brise marine à proximité et décida de s'asseoir sur des roches à quelques mètres de sa position. Une fois assise dans un confort relatif, elle ferma les yeux et se plongea à nouveau dans ses pensées. Son imagination ne cessait de lui proposer les visions de ce qui s'était déroulé en ce lieu. Tout au long de sa méditation, elle s'imaginait, arme à la main, auprès du grand roi Léonidas. Cela provoquait en elle un grand sentiment de joie, mais également d'apaisement, comme si elle récupérait quelque chose qui lui avait cruellement manqué durant sa courte existence humaine.

C'est alors qu'elle entendit des pas se rapprocher d'elle, interrompant ainsi sa communion spirituelle avec les lieux. Hespéria ouvrit les yeux et regarda sur sa gauche tout en se saisissant de son

Xiphos, afin de se protéger contre tout adversaire mal intentionné. Or, elle découvrit un homme bien âgé qui venait à sa rencontre, en appui sur son bâton, souriant. Il était vêtu d'une sorte de grande cape grise qui recouvrait chaudement ses frêles épaules, son crâne chauve contrastait avec sa longue barbe blanche lui arrivant jusqu'au nombril. Ses pieds étaient nus et extrêmement sales, preuves indéniables de longues marches quotidiennes. En revanche, son bâton semblait d'une belle qualité, parsemé de symboles gravés dans le bois que l'on pouvait retrouver sur les temples dédiés aux divinités. Il était bien plus grand que son propriétaire qui le tenait d'une main ferme. Ce dernier se permit de lui adresser la parole avec une joie non dissimulée.
— Bien le bonjour, jeune demoiselle. Comment allez-vous en cette radieuse journée bénie par les dieux ?

Hespéria était plus que contrariée d'être dérangée dans un lieu aussi important pour elle. Néanmoins, elle prit au maximum sur elle et tenta du mieux possible d'être agréable.
— Bonjour, je vais bien, merci. Mais…
— Ah ! Voilà qui me ravit ! répondit aussitôt l'homme âgé tout en s'asseyant près d'Hespéria qui n'en revenait pas d'une telle audace.
— Gardez vos distances, vieillard.
— Je ne souhaite pas vous importuner, la rassura-t-il, je veux juste passer un peu de temps à discuter. Vous savez, ce n'est pas tous les jours que j'ai la chance de parler avec une sublime jeune femme.

La nouvelle déesse fut fortement et agréablement surprise par ce compliment et se mit même à rougir, une première pour elle. Aucune personne ne l'avait complimenté ainsi sur son physique. Mais son fort tempérament et son envie de solitude reprirent vite le dessus.
— Vos remarques sont déplacées, veuillez me laisser seule.
— Je m'en excuse, je veux juste converser un peu.
— Ce n'est pas mon cas, je souhaite jouir de ma solitude afin de me reposer quelques minutes. J'ai une longue route à faire.
— Ah, une voyageuse ! J'étais un grand aventurier également. J'ai eu la chance de traverser la Grèce et d'en visiter chaque cité…
— Mais je m'en contre-fiche ! CASSEZ-VOUS !!! hurla la jeune femme, hors d'elle.
— Allons, je ne fais que…

Hespéria sortit son glaive de son fourreau et le plaça sous la gorge du vieillard qui ne s'y attendait pas. Toutefois, ce dernier se mit à esquisser un léger sourire, comme satisfait par la situation ou bien par la réaction qu'il a suscitée chez la jeune femme.
— Je vois que vous êtes à cran.
— Fermez-la, relevez-vous et opérez un demi-tour. Je n'ai pas besoin d'un vieux croulant pour me taper la causette.
— Drôle de comportement pour une déesse… Menacer ainsi un mortel…

Face à ces mots, Hespéria se leva rapidement et fit face à celui qui l'importunait, pointant son arme vers lui. Elle fit quelques pas en arrière afin de se mettre à distance.

— Comment pouvez-vous imaginer que je sois une divinité ?! C'est d'un ridicule !

Le vieil homme se gratta la barbe tout en arborant de nouveau un léger sourire.

— Vous n'êtes pas la première divinité que je rencontre, tout simplement. Qui plus est, les sandales que vous portez me semblent des plus étonnantes.

— Ah, je comprends mieux. Vous vous plantez complètement. Ce sont des ailes factices, je les ai créés moi-même.

— Allons, le mensonge vous va bien mal, ma petite. Vous avez demandé à une colombe qu'elle vous donne ses plumes ? Arrêtez votre baratin.

Le vieillard semblait en savoir long au sujet des dieux. Elle remit son arme dans son fourreau et décida d'adopter une attitude un peu plus respectable. La rencontre fortuite avec cet homme commençait à l'intriguer de plus en plus.

— Je serais curieuse de connaître quelles sont les divinités que vous avez rencontrées !

— Je garderai leur nom. Je suis surtout étonné de vous voir ici même, dans un lieu où le silence règne. Quand je vous regarde, je vois une fière guerrière cherchant son chemin, son but.

— Il n'y a rien à dire sur moi, rétorqua la jeune femme.

— Au contraire, il y a tout à dire.

— J'aimerais savoir pourquoi vous pensez que je suis une divinité, souligna Hespéria. Je ne pense pas avoir eu de réponse satisfaisante.

— Je vous l'ai dit. Vos sandales sont enchantées, aucun mortel ne pourrait avoir de tels objets. Qui plus est, je le ressens, mon enfant.

— Je ne suis pas votre fille, vieux croûton. Vous m'importunez, laissez-moi seule.

— Tu as été toute ta vie seule. Prisonnière de tes ambitions et du mépris que tu as pour les autres. Si tu restes dans ce mutisme, tu ne vaudras pas mieux que la plupart des mortels.

Surprise par l'analyse du vieillard, Hespéria commença à se questionner sur les réelles intentions de son mystérieux interlocuteur. Comment pouvait-il être informé de ces détails ? Elle comprit vite que la personne se trouvant devant elle n'était absolument pas celle qu'il prétendait être.

— J'ai entendu de longues histoires parlant de dieux capables de changer leurs apparences, raconta la jeune femme, suspicieuse. Maintenant assez joué, qui êtes-vous ?

— Je ne suis qu'un modeste voyageur.

— Ta gueule, arrête tes conneries, ordonna Hespéria en faisant apparaître des dagues autour d'elle grâce à la fumée qui s'échappait des paumes de ses mains. Tu me dis qui tu es ou je t'empale sur l'heure.

— Voilà qui n'augure rien de bon, déplora l'homme en se relevant péniblement avec l'aide de son bâton.

— Tu vas me répondre, sale vieux con ?

— Je souhaitais m'assurer que tu ne sois pas un problème après ce que tu as fait à Argos. Je ne sais pas quel est ton but ni ce que tu comptes faire, mais je te conseille de rester sagement à ta place et de ne faire aucune folie. Sinon, ma fille chérie s'occupera de toi.
— Dites à votre grognasse de venir quand elle veut, ce ne sera qu'un simple entraînement pour moi !
— J'en ai assez entendu, répondit l'homme qui reprit sa route.
— Hé attends, tu ne m'as toujours pas dit qui tu étais ! J'ai également des questions à te poser !

Le vieillard continua son chemin sans se retourner, ignorant complètement sa requête. Ce comportement enragea la déesse qui voulait le terrasser immédiatement. Malgré cette envie irrépressible, elle n'en fit rien et tenta de se calmer du mieux possible en s'asseyant de nouveau sur les roches, laissant ses armes se dissiper. Hespéria prit sa tête entre ses mains en se penchant en avant afin de reprendre ses esprits. Le moment qu'elle avait tant attendu avait été dérangé par un inconnu qui devait être bien plus important qu'il n'y paraît, elle en avait la certitude. Mais son devoir passait en priorité. Elle savait pertinemment qu'une fois la tâche confiée par son père accomplie, elle aurait l'éternité pour contempler ce paysage et s'imaginer au mieux les événements qui s'y étaient déroulés. Elle se releva, et prononça sa destination à haute voix :
— Chez Héphaïstos !

Les sandales se mirent de nouveau à battre des ailes, soulevant dans les airs la déesse qui partit donc en direction du Nord vers sa future destination.

De son côté, le vieillard n'avait pas vraiment quitté les lieux. Il s'était placé discrètement à l'écart et avait très bien entendu le nom prononcé par Hespéria. Il eut un léger sourire et comprit ce qui était en jeu.
— Ainsi donc mon frère, ta descendance se trouve à la surface. Qu'as-tu mis en œuvre cette fois-ci, vieux fou ?!

Il se métamorphosa en aigle, poussa un puissant cri et s'envola en direction du sommet de l'Olympe.

CHAPITRE 7
LE DIEU FORGERON

Une déesse chaussée de sandales ailées sillonnait le ciel de la Grèce avec détermination. Hespéria avait une chance incroyable de pouvoir contempler tous les paysages sublimes qui se dévoilaient sous ses yeux. Sa destination lui était encore inconnue. Elle se rendait chez le dieu forgeron Héphaïstos afin de recevoir une arme légendaire évoquée par son paternel. Elle avait traversé le Péloponnèse, survolant de grandes plaines et des montagnes abruptes. Sa direction était vraisemblablement le nord, qui la rapprocherait ainsi de l'Olympe et lui éviterait une longue marche.

Elle commença à perdre de l'altitude, sa vitesse diminuait au fur et à mesure de sa descente vers le sol. Elle fut surprise de découvrir un lieu isolé près de la mer Égée. Hespéria se posa sur le sable d'une petite plage, lui offrant une vue des plus exceptionnelles. En contemplant la zone dans le détail, elle se rendit compte de la présence d'une énorme roche qui semblait posée, comme si un titan l'avait volontairement placée ici. Sa curiosité prit aussitôt le dessus, la jeune femme se dirigea vers le mégalithe afin de l'examiner de plus près. À première vue, il s'agissait d'une pierre des plus banales, mais en y

regardant de plus près, elle remarqua des symboles gravés du plus bel effet. Ces derniers étaient tout de même rongés par le temps et l'air marin. De plus, une porte semblait se dessiner discrètement, ce qui surprit Hespéria. Ne sachant quoi faire, elle décida de pousser le mégalithe au niveau de ce curieux dessin.
CRRRRAAC !

Un bruit sourd se fit entendre puis la roche s'écarta tant bien que mal. Hespéria utilisa toutes ses forces afin de l'ouvrir en entier. Elle n'en croyait pas ses yeux, l'édifice de pierre était un passage qui menait vers un lieu mystérieux. Elle distingua vite des escaliers qui descendaient, cependant, l'obscurité était trop importante pour y voir quoi que ce soit. À cet instant, elle entendit une personne qui gravissait les marches à toute vitesse. Elle voulut se saisir de son Xiphos, mais fut percutée avant même de pouvoir le dégainer. La jeune déesse fut projetée à quelques mètres en arrière et s'écrasa lourdement au sol. Une immense douleur l'empêchait de reprendre son souffle convenablement, elle posa sa main droite sur son torse pour vérifier s'il y avait présence d'une blessure. Par miracle, son armure avait très bien encaissé le choc. Se redressant en douceur sur ses jambes, Hespéria secoua sa tête afin de reprendre la totalité de ses esprits.

C'est à ce moment précis qu'elle découvrit ce qui l'avait bousculée avec violence. Un homme doté d'une puissante musculature se dressait devant l'entrée mystérieuse. Ce dernier tenait fermement

dans sa main droite un immense marteau capable de venir à bout de n'importe quelle roche.
— Comment oses-tu tenter de pénétrer à l'intérieur de ma forge ?

Hespéria n'en revenait du colosse qui se trouvait devant elle. Son visage se targua toutefois d'un léger sourire. N'écoutant que sa soif démesurée de gloire et de reconnaissance, elle saisit son arme et se permit d'invectiver celui qui l'avait malmenée.
— Ce que je suis venue faire ici ne te regarde pas, gros tas de muscles sans cervelle.

À cet instant, Hespéria fut comme fauchée, ses pieds glissèrent en avant et elle se retrouva une fois de plus au sol, sur le dos avec en prime du sable plein la bouche. Les sandales venaient de lui jouer un tour des plus humiliants et s'extirpèrent des pieds de la jeune déesse. Les chaussures se mirent à voler à quelques mètres au-dessus d'elle et firent de petits signes particuliers avec leurs petites ailes, jusqu'à repartir seules afin de retrouver leur place auprès de leur propriétaire. Hespéria les regarda s'éloigner en les fusillant du regard et cracha vulgairement ce qu'elle avait accumulé dans la bouche. La jeune femme n'était absolument pas reconnaissante pour le bénéfice en temps et en énergie que lui avaient apporté les sandales d'Hermès. Elle porta de nouveau son attention vers celui qui lui faisait face : avec un peu plus de discernement, elle remarqua des difformités physiques assez prononcées qui ne faisaient aucun doute sur l'identité de cet homme.

Ses bras et ses épaules étaient particulièrement développés et son visage, couvert de suie, était le témoignage percutant d'un homme travaillant avec ardeur près d'une source de chaleur. Ses cheveux étaient longs et en désordre tout comme sa barbe. Il était revêtu d'un tablier en cuir et d'un vulgaire pantalon d'une saleté sans égal. Hespéria remarqua également que l'individu était estropié, ce qui lui confirma davantage sa véritable identité, il s'agissait bien du dieu forgeron, Héphaïstos.

— C'est toi que je suis venue voir, tu as quelque chose pour moi, expliqua la jeune effrontée sans aucun respect.

— Je ne te dois rien, mercenaire. Retourne d'où tu viens et ne reviens jamais ici.

— Hélas, je ne le peux. Mon père sera extrêmement en colère contre toi si tu ne m'accordes pas un minimum d'attention.

— Pfff mais bien sûr, rétorqua le dieu, exaspéré par le comportement de ce qui était pour lui, une simple inconnue.

— Laisse-moi passer, je pourrai alors te dire qui je suis réellement.

— Parle sur le champ, et je jugerai de ta légitimité à te présenter devant moi.

— Accorde-moi un instant, je vais te montrer une vieille connaissance.

La jeune femme se mit à faire les cent pas et récolta des morceaux de bois plus ou moins importants afin de pouvoir construire un feu de camp.

Un excellent moyen de forcer la main au forgeron, qui était dans une grande incompréhension. Une fois les branchages réunis, il ne manquait plus qu'une étincelle afin d'y mettre le feu.
— Peux-tu allumer ce feu ? lui demanda Hespéria.

Le dieu s'approcha du ridicule monticule de bois et se sentit ridiculiser d'une telle demande à la vue de ce qui avait été présenté. Il soupira avant de ramasser une pierre sur le sol. Avec chance, il prit une roche ferreuse qui allait faire merveille. Il l'écrasa violemment sur son marteau, ce qui fit des dizaines d'étincelles se répandant sur le monticule qui s'enflamma aussitôt. La jeune femme eut un large sourire, mais une douleur la prit au niveau du bas ventre. C'était tout simplement une grosse vague de stress qui l'envahit. Elle n'avait aucune garantie que son père allait lui répondre ou pire, s'il allait apprécier la démarche malgré ses instructions. Sans aucune expérience dans cette situation, elle se mit juste à parler devant le brasier en espérant une réponse.
— Père, est-ce que vous m'entendez ? demanda timidement la jeune femme casquée.

C'est alors que les flammes se mirent à grandir instantanément à plus de dix mètres du sol. Hespéria plaça son avant-bras droit devant son visage afin de se protéger au mieux de la chaleur qui se dégageait du brasier, tandis qu'Héphaïstos n'eut aucune réaction, restant stoïque devant un spectacle qu'il devait parfaitement connaître dû à ses activités de forgeron. Le foyer baissa en intensité jusqu'à prendre une forme humanoïde, suscitant un spectacle incroyable et saisissant.

— Ma fille, pourquoi m'as-tu convoqué ? demanda une voix caverneuse, celle de la silhouette enflammée.

— Tu m'avais dit que je pouvais te contacter si...

— RÉPONDS-MOI !!!! Je n'ai pas de temps à perdre, j'exerce de grandes responsabilités ici, et comme Perséphone est absente, je suis complètement débordé !

— Allons mon oncle, toujours aussi grincheux ! rétorqua Héphaïstos avec un léger sourire.

— Mon cher neveu, cela fait bien trop longtemps.

— Il ne veut pas me laisser entrer dans sa forge ! Je veux mon épée ! quémanda Hespéria.

— Silence, ma fille ! Laisse-nous régler cela, répondit Hadès d'un ton sec et autoritaire.

Hespéria se comporta comme une petite fille capricieuse qui ne pouvait attendre son présent, sa conduite la rendait assez ridicule à la vue de son auditoire divin. Néanmoins, Héphaïstos semblait ravi de la conversation qui venait de débuter entre lui et son oncle.

— Comment vont les affaires dans les Enfers ? demanda chaleureusement le porteur de marteau.

— Disons qu'il fait toujours chaud et que la fréquentation humaine est en hausse constante.

Ha ha ha ha !

À la suite de cette réponse, les deux hommes se mirent à rire de bon cœur. La jeune femme ne comprenait absolument pas cette attitude, la camaraderie était vraiment un concept étranger pour elle.

— Sérieusement Héphaïstos, j'aimerai beaucoup t'avoir auprès de moi, tes talents nous seraient très utiles.

— Tu sais bien que je ne peux me passer de l'air marin, et qui plus est, je suis au pied de l'Olympe. Ma position actuelle facilite la venue de mon épouse lorsqu'elle souhaite de nouveaux bijoux.

Hespéria était abasourdie. Elle se tourna et la vit enfin, cette montagne légendaire qui se situait devant elle depuis tout ce temps. En regardant le sommet, elle se rendit compte que l'ascension allait tout de même être délicate. Mais son attention se focalisa de nouveau sur la discussion entre les deux dieux.

— Sérieusement, je t'accorderais une place importante, tu y installeras ta forge et tu ne seras plus au service des caprices de Zeus, par exemple.

— Mon épouse a beaucoup plus de fantaisies, comparées à ton frère. Je suis très attaché à elle, je ne veux pas la quitter. Aphrodite a énormément de qualités et j'apprécie énormément les moments que je passe avec elle.

— Très bien, toutefois, si tu changes d'avis, ce sera toujours un plaisir de te recevoir.

— Je n'y manquerais pas mon oncle, lui assura le dieu forgeron. Mais j'aimerais beaucoup savoir pourquoi j'ai été dérangé par cette jeune effrontée qui s'est permis d'entrer dans mon espace de vie.

— Je dois te faire promettre de garder un secret, le prévint Hadès. Nul n'est au courant de son existence, du moins à ma connaissance.

— J'ai fait de nouvelles rencontres, avoua maladroitement Hespéria.

— Idiote ! rétorqua son père sans aucun tact. Je t'avais dit de faire profil bas ! Ne me dis pas que c'était toi la spartiate qui a tué une partie des soldats d'Argos !

— Comment êtes-vous au courant ? Il n'y a que Héra qui a vu ce que j'ai fait.

— Imbécile, pauvre fille incompétente, déplora Hadès, mécontent. Héra est une pipelette, elle a forcément déjà parlé de toi à plusieurs dieux. Pour répondre à ta question, les soldats que tu as tués se sont présentés devant moi pour connaître leur châtiment et tu peux me croire, ils t'ont décrite en tous points. Tu me couvres vraiment de honte !

Hespéria était si estomaquée par les paroles de son géniteur qu'elle ne put les accepter. Elle s'éloigna lentement de l'espace servant d'invocation afin de reprendre ses esprits. Elle retira son casque et le laissa tomber sur le sable, puis mit sa tête entre ses mains. Se laissant aller, elle versa quelques larmes. C'était la première fois qu'elle se sentait de la sorte à la suite des propos venant d'une autre personne. Cette fois-ci, elle était profondément touchée. Ne pas être à la hauteur, voilà un sentiment qui la regagna très vite.

Pendant ce temps, les deux dieux continuèrent leur conversation, et malgré cela, Héphaïstos se sentait gêné par ce qui venait de se passer entre Hadès et sa fille.

— Tu y vas un peu fort avec elle.

— Ne me dis pas comment éduquer ma fille.

— D'ailleurs, depuis quand l'un de tes enfants à la permission d'être à la surface ?

— Nul ne le sait, c'est pour cela que je lui ai dit de faire profil bas. Elle a eu une existence humaine, puis elle s'est retrouvée aux Enfers. J'ai tout de suite pensé qu'elle me serait utile, mais elle n'est qu'une déception de plus, comme ses demi-frères et sœurs.

— Maintenant mon oncle, je veux être au fait de ce que tu prépares. Pourquoi l'as-tu menée devant ma porte ? interrogea le dieu forgeron en passant sa main droite dans sa barbe.

— C'est très simple ! Tu as une épée qui m'est destinée.

— La nécromancienne ? Hors de question. Son pouvoir ne doit pas être entre les mains de n'importe qui, je ne sais même pas si je la confierai à Athéna.

Face à cette réponse, Hadès fut hors de lui. Les flammes s'allongèrent et donnèrent un aspect terrifiant et déroutant à la forme humanoïde enflammée qui devint plus imposante et menaçante que jamais.

— Tu feras ce que je te demande, ne m'oblige pas à te menacer, l'estropié !

— Tu es en Enfer, que comptes-tu me faire ?

— C'est là que tu te trompes, mon cher neveu. J'ai une personne qui me représente et qui, j'en suis sûr, sera ravie de t'éliminer.

— Si tu parles de cette fille, elle ne me semble pas très dégourdie, encore moins solide psychologiquement, fit remarquer Héphaïstos en haussant un sourcil. Ce que tu lui as demandé est peut-être trop dur à porter, tel un fardeau bien supérieur à ses réelles compétences et motivations.

— Fais ce que je te demande, confie-lui cette épée et elle te laissera tranquille. Voici mes conditions. Acceptes-tu mon offre ?

— Tu te fous de moi, j'espère ?! s'indigna le dieu forgeron. Je n'ai rien à gagner dans cette affaire.

— La liberté, ça peut être sympa, rétorqua Hespéria qui était de retour, son casque sous le bras gauche. Mon père m'a ordonné de te tuer si tu ne me donnais pas mon héritage, que tu as forgé en son nom il y a des millénaires, je suppose.

Le personnage enflammé perdit en intensité, signe qu'Hadès s'était légèrement calmé.

— Ainsi donc ma fille, tu te représentes à nouveau devant moi malgré tes erreurs.

— Pardonnez-moi, père, implora-t-elle en s'agenouillant. Je n'ai pas suivi vos instructions, mais je compte bien me racheter.

Cet acte demanda un réel effort pour la jeune déesse, qui ne se serait d'ordinaire jamais abaissée de la sorte.

— Ne me déçois plus jamais, ajouta Hadès avec sa voix caverneuse.

Il se concentra à nouveau sur son neveu afin d'obtenir une réponse de sa part.
— Alors, que choisis-tu ?
— Cette épée, je l'ai forgée pour toi, car tel était ta demande avant que tu n'hérites des Enfers. Je veux te la confier à toi uniquement, et non à cette jeune femme qui semble un peu perdue.
— Je suis tout sauf perdue, intervint Hespéria avec détermination. Donne-moi cette arme et je te laisserai en paix, seul et ignoré de tous.

Le forgeron, face à la persévérance de la jeune spartiate et la pression de son oncle, savait qu'il devait la céder. Il décida d'accepter sans la moindre émotion.
— Suis-moi, indiqua Héphaïstos en baissant la tête. Hadès, ce fut un plaisir, dit-il à l'intention du dieu des Enfers.
— Plaisir partagé, mon neveu. Je t'offrirai bientôt ce qui te revient de droit.

À la suite de ces paroles, l'apparition embrasée d'Hadès semblait se tourner vers la déesse, qui l'observa de nouveau avec une certaine admiration.
— Nous y sommes presque, mon enfant. Fais ce qu'il faut pour te constituer une armée avec cette épée, ensuite, tu seras assez forte pour conquérir l'Olympe et m'y invoquer.
— Je ferai tout ce que je peux père, au péril de ma vie si nécessaire.

—Bien, très bien. Surtout, ne me déçois pas encore une fois, ou bien tu apprendras que les flammes de l'Enfer sont bien plus douces que ma colère. À bientôt.

Une immense colonne de flammes s'éleva du brasier avant de s'évanouir et de s'éteindre définitivement. Le bois continuait de crépiter à cause de l'intensité du feu, et tandis qu'une ligne de fumée s'en échappait, celle-ci fut stoppée par la jeune femme qui projeta du sable sur le bois encore brûlant. Une fois dissimulée, Hespéria imita le dieu forgeron qui l'invita à rentrer à l'intérieur de cette immense roche disposant d'un escalier intérieur.

—Je t'en prie, suis-moi, la pria poliment Héphaïstos avec une certaine crainte.

—Mais on n'y voit rien ! se plaignit Hespéria.

—Je t'ai dit de me suivre. Si c'est trop compliqué pour toi, tu n'as qu'à repartir d'où tu viens.

CHAPITRE 8
LA FORGE

La jeune femme était légèrement agacée par la teneur des propos du dieu forgeron, qui ne se privait pas de la bousculer. Ce dernier emprunta l'escalier qui se noyait petit à petit dans l'obscurité. Hespéria prit une grande inspiration, rassembla son courage et emboîta le pas de son hôte. Au bout de quelques marches, elle se rendit compte avec étonnement que les lieux étaient parfaitement éclairés. Une fois en bas des marches, elle contempla une forge des plus exceptionnelles.

En y pénétrant, elle fut aussitôt frappée par l'atmosphère oppressante et étouffante du lieu. Des parois rocheuses noires, veinées de minéraux scintillants, formaient les murs de cet immense atelier souterrain. Plusieurs vastes foyers brûlaient au centre de la fabrique, nourris par les courants de lave en fusion qui circulaient sous la montagne. La chaleur y était presque insoutenable, la lumière rougeoyante des flammes projetait des ombres dansantes sur les murs. Réparties autour des forges, des enclumes imposantes étaient solidement ancrées dans le sol et portaient les marques d'innombrables coups, témoins de la force et de la persévérance du dieu forgeron. Des étagères taillées dans la roche accueillaient une collection impressionnante d'outils en métal étincelant, chacun d'entre eux avait été façonné avec perfection et imprégné de magie divine. Des pinces, des marteaux, des tenailles et des burins, tous parfaitement ordonnés, attendaient d'être utilisés par la main experte d'Héphaïstos.

Dans chaque recoin de l'atelier se trouvaient des chefs-d'œuvre en cours de réalisation ou fraîchement achevés, comme des épées, des boucliers et des armures, forgés avec une précision inégalée. Tous ces objets brillaient d'un éclat surnaturel, certains étaient même destinés aux dieux et d'autres aux héros mortels. Sur des tables de travail en pierre, des bijoux d'une beauté indescriptible scintillaient à la lumière des flammes. Colliers, bracelets et diadèmes, ornés de gemmes rares, attendaient de parer les divinités et les mortels privilégiés.

Cet endroit, où le feu et la roche se rencontrent, est le domaine d'Héphaïstos, un endroit où la puissance brute de la nature et l'art raffiné du dieu forgeron se combinent pour créer des œuvres d'une beauté et d'une puissance inégalées.

La jeune divinité était absolument émerveillée par la grandeur du lieu de vie et de travail de son hôte qui s'était dirigé vers le coin où étaient entreposées les armes. Il devint hésitant, ce que remarqua rapidement Hespéria qui voulait s'assurer de récupérer l'arme qui lui était destinée.

— Tu l'as trouvée ?

— C'est un moment que je redoutais par-dessus tout, lui avoua Héphaïstos. Mettre cette épée entre de mauvaises mains serait le pire des fléaux. Ton père l'avait nommé Haïades, le fléau de la vie. Les matériaux qui la composent proviennent des lieux les plus sombres de nos légendes, c'est une véritable abomination.
— Ne t'en fais pas, je n'ai pas l'intention de détruire tout ce qui existe, juste de supprimer quelques dieux...
— Je vois. Permets-moi de la renforcer dans ce cas.

Hespéria vit le forgeron se saisir d'une épée des plus déroutantes. La Nécrolame d'Haïades était une épée redoutable et sinistre, avec une lame noire comme la nuit et des reflets violet sombre qui semblaient pulser au rythme d'un cœur battant. Cette lame était composée d'un métal obscur, l'obsidienne infernale, que l'on dit imprégnée de l'essence même du Tartare. La garde de l'arme était décorée de crânes finement sculptés, chacun représentant une âme damnée emprisonnée dans l'arme. Les orbites des crânes étaient incrustées de pierres précieuses d'un noir profond, qui capturaient la lumière environnante pour la transformer en une lueur inquiétante. Le manche était fait en os de griffon et enveloppé de cuir de chimère, offrant une prise froide et macabre à son possesseur. À sa base, un orbe éthéré flottait, scintillant de lueurs spectrales. Cette sphère, connue sous le nom de « Œil de l'Érèbe », contenait selon les dires un fragment de l'essence de Nyx, la déesse primordiale de la nuit.

La jeune déesse ne pouvait se maîtriser, elle était impatiente de mettre la main sur ce qui apparaissait à ses yeux une véritable merveille. Le forgeron s'empressa d'y ajouter une gemme blanche sur la chape de l'épée. Son atelier fut alors mis à contribution, une immense chaleur se dégagea rapidement de son établi, surprenant la jeune femme contrainte de reculer de quelques pas. Après quelques coups de marteau des plus précis, la roche flambant neuve semblait scintiller de mille feux.
— Je suppose que tu souhaites connaître les capacités de ta nouvelle lame ?
— Cela n'est pas de refus. J'espère qu'elle sera à ma hauteur, pépia Hespéria.
— Tu es bien prétentieuse pour une personne qui n'a encore rien accompli de notable.
— Je te ferai regretter ces paroles, vieux fou. Maintenant, je t'écoute, que me réserve ma nouvelle alliée ?

Héphaïstos fit quelques pas et se résigna à remettre une des plus terribles lames de ses créations à une sombre inconnue. En saisissant la poignée, Hespéria fut prise d'une immense puissance qui lui parcourut les bras puis l'intégralité de son corps. De la fumée s'échappa de la paume de ses mains et vint envelopper l'arme dans son intégralité. La nouvelle déesse venait de se lier à sa nouvelle épée sans même s'en rendre compte, ce qui impressionna le dieu forgeron, couvert de suie.

— Ainsi donc, j'ai bel et bien la preuve de tes origines, constata-t-il.
— Tu doutes encore que je sois la fille d'Hadès ?
— Plus maintenant, j'espère juste que tu seras plus mesurée que lui avec une telle arme en ta possession.
— Tu disais vouloir m'expliquer ses compétences, je t'écoute, insista Hespéria.
— En effet, je vais surtout te mettre en garde, commença Héphaïstos d'une voix grave. Son pouvoir est extrêmement puissant et demande une maîtrise totale. La Nécrolame peut absorber les âmes de ses victimes au moment de leur mort. Les âmes capturées sont emprisonnées dans les crânes ornant la garde de l'épée, ajoutant à sa puissance et à son aura terrifiante. Tu pourras utiliser ces âmes pour te régénérer, augmenter ta force vitale et guérir tes blessures.
— Me guérir en combattant ? C'est absolument prodigieux, s'exclama la jeune déesse, les yeux brillants.
— Je n'ai, hélas, pas terminé. En plantant l'épée dans le sol, tu pourras invoquer et contrôler les morts. Les cadavres environnants se relèveront pour obéir à tes ordres. Et enfin, tu auras la possibilité de te fondre dans les ombres pour te déplacer furtivement d'un point à un autre. Si tu fais preuve d'intelligence, tu seras insaisissable.
— Je dois bien avouer que tu as réalisé un vrai miracle en fabriquant un tel objet, le complimenta Hespéria tout en regardant la lame sous toutes ses coutures.

Néanmoins, je pense que tu aurais dû faire preuve d'un peu plus de prudence.
— Que veux-tu dire ?
— TU ES À MOI !

Sans crier gare, la déesse donna un violent coup d'épée à Héphaïstos, qui fut touché au bras droit. La coupure était assez profonde, son sang se répandait abondamment sur le sol.
— Mais qu'as-tu fait ?!! hurla le forgeron qui tomba à genoux sur le sol, laissant sa douleur s'exprimer par un cri puissant.
— Tu vas m'obéir ! Ton âme et ton corps sont désormais miens !
— Idiote, j'ai rendu l'arme inoffensive pour les dieux, lui révéla-t-il. La gemme que j'ai forgée nous protège de ta démence !

Hespéria n'en croyait pas ses oreilles : elle avait été bernée d'une façon si risible qu'elle se sentait honteuse. Comme seule satisfaction et unique réconfort, ce serait de prendre la vie de celui qui l'avait dupée.
— Alors dans ce cas, tu n'es plus d'aucune utilité, tu seras le premier d'une longue liste à périr, rassure-toi, admit Hespéria en plaçant la pointe de l'épée sur la gorge de sa victime.
— Mon époux ? Tout va bien ?

Contre toute attente, une voix féminine envoûtante se fit entendre en haut des escaliers. Celle qui venait de prononcer ces mots descendait lentement les marches. Elle arriva devant un spectacle

qui lui glaça le sang. Une mercenaire tenait son époux à sa merci. Très vite, la nouvelle venue, d'une grâce sans pareil, tenta de comprendre ce qui se passait.
— Qui êtes-vous et que voulez-vous ?!
— Je t'en prie, Aphrodite, quitte ma forge et retourne sur l'Olympe, tu seras en sécurité ! l'avertit Héphaïstos.
— La fameuse déesse des câlins abjecte ! rétorqua Hespéria avec cynisme. C'est trop beau pour être vrai, je vais te terrasser également !

La déesse de l'amour ne comprenait pas du tout un tel affront et se voyait menacée, ce qui n'était pas dans ses habitudes.

Son visage très harmonieux et radieux était d'une beauté parfaite. Sa peau, claire et lumineuse, ajoutait une touche de charme que toute femme jalousait. Son plus grand atout de séduction était ses yeux, de couleur bleu clair, qui reflétait une immense douceur. Ses cheveux blonds, longs et bouclés, étaient parsemés de sublimes mèches dorées. Sa silhouette gracieuse et bien proportionnée se devinait dans sa tenue très légère, qui laissait également entrevoir sa féminité. Le tissu de sa toge, d'un blanc étincelant marqué par des broderies dorées, était d'une telle finesse que l'on pouvait presque voir au travers. Sa démarche était d'une grande grâce emplie d'élégance.

Aphrodite ne comprenait toujours pas ce qui était en train de se tramer devant elle. Toutefois, elle finit par remarquer le sang qui se répandait sur le sol et ce fut à ce moment-là qu'elle perdit toute raison. Elle se précipita sur Hespéria et la poussa violemment sur le sol. La jeune divinité tomba sur le côté et fut vite vexée d'avoir été ainsi traitée par la nouvelle venue. Aphrodite prit sa toge et en déchira une petite partie avec l'aide de ses dents. Avec grand soin, elle utilisa le tissu pour faire un bandage solide à son mari, qui était très agréablement surpris par la délicate attention de la déesse de l'amour. Une fois la plaie maîtrisée, Aphrodite donna un baiser sur la joue du dieu forgeron, qui rougit aussitôt.

— Ce n'est pas dans mes habitudes, mais je me laisse aller à un petit moment de tendresse à votre égard, annonça la déesse aux cheveux dorés. Qui plus est, je voulais savoir si ma dernière demande était satisfaite.
— Je me disais aussi que c'était trop beau pour être vrai... déplora Héphaïstos.
— Comment ça ? Ne suis-je pas une femme aimante ?
— C'est ça le problème, tu les chéris un peu trop, tes amants, n'est-ce pas ? rétorqua maladroitement le forgeron.
— Ce n'est pas le moment d'évoquer le sujet, répliqua-t-elle en se relevant. Je suis la déesse de l'amour, je n'ai d'autre choix que d'aimer, et de me faire aimer en retour. C'est dans ma nature, se justifia-t-elle.
— Excusez-moi les bouffons, mais vous m'avez oubliée ou est-ce que vous vous foutez de ma gueule ? les coupa Hespéria avec colère.
— Un peu des deux, répondit en chœur le couple de divinités.

Aphrodite se dirigea vers une table où étaient entreposés de merveilleux bijoux en or. Elle remarqua aisément qu'ils correspondaient parfaitement à ce qu'elle avait demandé.

— Merci, mon époux, je serai toujours radieuse avec ces merveilles.

— Je t'en prie, rétorqua le forgeron en se relevant difficilement dû à son handicap.

— C'est fini, ce bordel ?! Je le menace de lui trancher la tête et toi la fausse blonde, tu t'intéresses à tes bijoux ! Mais tu es folle ou juste cinglée ?! s'écria Hespéria.

Aphrodite la toisa de manière hautaine et lui répondit :

— Oh il suffit ! Je retourne dans ma demeure, j'espère ne jamais t'y voir, maudite paysanne.

— Paysanne, MOI ? Je vais te tuer, sale pétasse ! hurla Hespéria folle de rage. Je suis la fille d'Hadès et de Nyx, je suis la mort et la destruction, je suis…

— Bavarde ! Et laide, ne l'oublie pas, déclara Aphrodite en tournant le dos à celle qui était en furie, arme à la main.

Aphrodite se para alors de ses plus beaux bijoux et se sentit parfaitement bien, comme si elle s'était débarrassée de tous ses problèmes en un instant. Mais au moment où elle se retourna, elle vit un projectile lui venir en plein visage. Le choc fit jaillir énormément de sang sur la paroi de la caverne sous les hurlements de la déesse de l'amour, qui porta ses mains sur son visage. Lorsqu'elle regarda ses paumes,

ensanglantées, elle constata qu'elle était sévèrement blessée.
— MON VISAGE !!!
— Tu as de la chance que la lame de mon Xiphos t'ait juste balafrée, sale catin ! riposta la jeune spartiate, fière de son forfait.

Aphrodite plongea de nouveau sa figure entre ses doigts et partit en sortant de la forge, en sanglots. Une fois en dehors de l'antre de son conjoint légitime, elle se mit le plus rapidement possible dans l'eau de la mer Égée et se métamorphosa en un magnifique poisson. Néanmoins, celui-ci se distinguait des autres par la grande blessure infligée par Hespéria.

Sur le rocher servant d'entrée à l'antre du dieu forgeron, une chouette se dressait fièrement. Cela faisait de longues minutes qu'elle écoutait ce qui se passait. Elle vit deux autres personnes surgir à leur tour des profondeurs de la terre. Héphaïstos apparut le premier avec, dans ses pas, la jeune déesse qui pointait toujours sa nouvelle épée dans son dos.
— Voilà, tu es ressortie avec ce que tu voulais, laisse-moi en paix maintenant.
— Tu m'as bernée ! Tu as privé ma lame de toutes ses compétences. Je jure solennellement qu'une fois que j'aurais accompli ma destinée, je reviendrais en finir avec toi, se promit Hespéria.
— Tu es aussi folle que ton père, les chiens ne font décidément pas des chats, constata Héphaïstos, défiant.

— Je supplanterais Hadès et m'emparerais de tout ce qui est et sera. N'oublie pas mon nom, je suis Hespéria, le fléau des dieux et des hommes.

La chouette en avait assez entendu. Elle poussa un cri puis s'envola en direction du sommet de la montagne, qui se dressait fièrement au-dessus des deux divinités qui se chamaillaient.

— Encore un maudit piaf ! déplora Hespéria.
— Tu te trompes, il annonce l'espoir, rétorqua judicieusement Héphaïstos.
— Retourne à ta forge !

L'estropié ne se fit pas prier, sans un mot ni un geste, il retourna à ses occupations et referma la porte de la roche qui reprit sa place habituelle. La jeune femme était satisfaite de la tournure des évènements. Elle était tout de même déçue de ne pas avoir pu terrasser la déesse de l'amour ainsi que son époux. Rengainant sa monstrueuse nouvelle amie à son flanc gauche, Hespéria prit le chemin de la montagne en direction de sa destinée.

Sur les rives ouest de l'île de Chypre, plus précisément sur le site de Pétra tou Romioù, un petit poisson s'échoua sur le sable, épuisé par son voyage. Il se changea aussitôt en une ravissante femme. Il s'agissait de la déesse de l'amour, qui se rendait dans ce qui était pour elle, sa demeure terrestre. Après une longue marche sous un soleil brûlant et implacable, elle arriva dans une petite crique où se trouvait une eau claire et pure. Située idéalement sous une immense roche, l'eau était fraîche et allait permettre un repos bien mérité pour la déesse, martyrisée par ce qui venait de lui arriver ainsi que la blessure qu'elle avait malencontreusement reçue.

CHAPITRE 9
L'OLYMPE EN ALERTE

La chouette, qui avait parfaitement espionné la scène, arrivait enfin au sommet de la plus haute montagne de la Grèce antique. Dans son champ de vision s'étendait la demeure des dieux. Des portes massives se trouvent à l'entrée de ce domaine sacré, faites d'or pur et ornées de motifs complexes représentant des scènes de victoires divines et de paix céleste. Ces portes sont gardées par les Heures, déesses des saisons et des heures, qui veillent à ce que seules les divinités ou les invités dignes d'y pénétrer puissent entrer. Au-delà de ces portes, un paysage d'une beauté indescriptible se présente aux yeux de tous. Des jardins luxuriants, regorgeant de fleurs aux couleurs vives et de fruits d'or, s'étendent à perte de vue. Les arbres sont gigantesques, leurs feuilles scintillant comme des émeraudes, et des rivières cristallines coulent paisiblement à travers ces jardins, produisant une mélodie douce et apaisante. Dominant ce paradis, se dressent les palais des dieux, chacun étant une merveille architecturale. Celui de Zeus, le roi des dieux, est le plus imposant, fait de marbre blanc avec des colonnes colossales et des sculptures dorées. Ses salles sont ornées de fresques représentant les exploits divins et les histoires de la création du monde. Les autres dieux ont également des résidences à la hauteur de leur statut. L'air est pur et empli de fragrances célestes, comme si chaque brise portait les arômes des fleurs les plus rares. Des musiques célestes, jouées par les Muses, flottent dans l'air, ajoutant à l'ambiance sacrée du lieu.

Le rapace profitait ainsi de cet écrin divin se déroulant sous ses ailes, jusqu'à atteindre sa destination, le palais de sa maîtresse. Il arriva enfin sur place et se posa dans le lieu le plus intime du temple. L'animal se mit à chuinter avec force afin d'avertir son hôtesse de sa présence. Celle-ci était confortablement allongée sur un lit à l'aspect très agréable.

— Hummmm, mais qu'est-ce qui se passe, petite fripouille emplumée ? demanda la déesse qui semblait se réveiller d'un doux sommeil.

Le volatile continua de crier avec vigueur, l'alertant d'un évènement majeur en cours. Athéna se leva donc de sa couchette, en s'étirant avec une grâce dont elle avait le secret.

Elle était revêtue d'une tunique ample et confortable avec quelques décorations rappelant son statut de divinité. Ses cheveux bruns étaient longs et fins. Sur l'un des murs de sa chambre étaient entreposés son casque, son bouclier ainsi que sa célèbre lance, symboles de sa puissance.

Elle se rapprocha de son compagnon qui d'un puissant battement d'ailes, se propulsa et vint se

poser sur l'épaule droite de la déesse. Malgré ses alertes, l'oiseau semblait détendu et stoppa ses cris.
— Mon noble ami, montre-moi ce que tu as vu.

Grâce à l'une de ses nombreuses compétences, la déesse pouvait établir un lieu psychique avec son familier, lui permettant de voir et d'entendre ce dont il avait été témoin. Elle ferma les yeux et se concentra. Les images défilèrent rapidement et une sensation de malaise commença à l'envahir. Au terme de cette connexion, l'oiseau se remit à pousser ses cris.
— Je n'en reviens pas, la fille d'Hadès… Et si j'en crois mes souvenirs, l'épée qu'elle détient est connue sous le nom de Fléau des dieux. Il n'y a pas un instant à perdre, je dois avertir mon père !

La chouette fit un signe de tête comme pour approuver ses dires. Avant de quitter sa chambre, Athéna s'arrêta devant ses armes et son casque. Elle posa sa main droite sur ses attributs avec une certaine nostalgie et se mit de nouveau à parler seule.
— Moi qui m'étais juré de ne plus entrer en conflit avec quiconque, je crains de ne pas avoir le choix cette fois-ci.

Athéna sortit enfin de sa pièce fétiche et entra par un petit couloir dérobé à l'intérieur de son majestueux temple. Elle le traversa lentement comme à son habitude, tout en se remémorant chacun de ses hauts faits qui ont fait sa légende. Sur les murs de son édifice étaient sculptées des représentations des évènements passés. La guerre de Troie y était massivement représentée, tout comme les personnages qu'elle avait rencontrés, comme Méduse ou bien Arachné. Les solides colonnes se dressaient avec puissance, leurs chapiteaux étaient recouverts d'or. La déesse sortit enfin et profita du soleil qui l'inonda de lumière. Ce fut alors qu'elle entendit une douce mélodie provenant d'un instrument à cordes. Elle regarda sur sa gauche et vit un homme, torse nu, jouant de la harpe à côté d'une splendide fontaine. Se rapprochant de cet individu, elle arbora un sourire radieux.

— Je peux reconnaître ta musique parmi toutes celles qui existent.

— Tu me fais bien trop d'honneur, très chère ! rétorqua le musicien. Il est même fort étonnant que tu sois déjà levée à cette heure ? Mauvais rêves ?

— Je ne sais pas trop, Apollon. J'ai besoin de voir mon père au plus vite, sais-tu où il est ?

— Hummmm… Je dirais, comme à son habitude, dans son trône à espionner les humains.

— Oui, suis-je bête ! Rends-moi service, veux-tu ? Rassemble tous les dieux présents aujourd'hui et attendez-moi dans le grand palais, je dois vous avertir d'un évènement des plus inquiétants.

— Aphrodite est partie en trombe ce matin, il y a un rapport ? l'interrogea Apollon.

— Hélas oui… déplora Athéna. Ne contacte surtout pas Arès, j'irai le voir en personne, il est en colère en ce moment.

— Bon très bien, je t'avoue que je suis un peu curieux de ce que tu vas nous annoncer.

— Dis-moi, sais-tu où est ta sœur ? Elle risque également d'être en danger.

— Aucune idée, cela fait des mois que je ne l'ai pas vue. Elle est probablement avec ses Nymphes, ou bien à la chasse, suggéra le musicien. Je vais aller lui rendre visite, ainsi qu'aux autres dieux. Nous t'attendrons.

— À tout à l'heure, répondit Athéna avec un léger signe de la main.

La déesse de la sagesse prit congé et prit le chemin du plus imposant temple qui se trouvait dans ce lieu céleste. Elle traversa de nombreux jardins avant d'arriver à destination. Lentement, elle gravit chacune des marches qui allaient la mener auprès de son paternel. Une fois arrivée devant l'entrée du temple, Athéna distingua une silhouette massive assise confortablement sur un trône des plus imposants. Il s'agissait bien du grand Zeus, perdu dans ses pensées. Il releva la tête à l'arrivée de la nouvelle venue. Fou de joie, il réserva un accueil bien personnel à sa fille.

— Mais c'est qui la meilleure des filles qui vient voir son papounet ?! Hein ?! C'est ma petite Téna !

La déesse de la sagesse ne put s'empêcher de sourire. Ces deux-là étaient très complices, surtout lorsqu'ils se retrouvaient seuls. Athéna ne se fit pas prier et lui répondit d'une manière un peu trop solennelle.

— Bonjour père, je sollicite une entrevue si possible.

— Allons, ma fille, tu es toujours la bienvenue ! Et je dois dire que je suis très content de ta présence, je m'ennuie fermement aujourd'hui.
— Les humains ne vous donnent plus aucune distraction ? demanda la femme qui se trouvait devant les marches face au trône du roi des dieux.
— On peut dire ça... Ce qu'ils font et disent est vraiment insipide, soupira Zeus avec ennui.
— Je me suis toujours demandé pourquoi vous passiez autant de temps devant cette carte. Les humains sont éphémères, ils ne peuvent obtenir les connaissances ou même la renommée qui nous anime.
— Fais preuve de plus de sagesse, ce n'est pas simple pour nous d'imaginer ce qu'ils endurent.
— Nous sommes ici pour les guider et les protéger, pas pour les comprendre, ajouta la déesse avec un léger mépris.
— Tu sais Athéna, je me suis toujours demandé ce que cela fait de vivre comme un mortel, avoua son père.
— Comment ça ? demanda-t-elle, très curieuse.
— Le simple fait d'imaginer que chaque évènement d'une vie peut-être la dernière, c'est absolument remarquable. Chaque moment qu'ils passent est une véritable bénédiction. Je les envie pour cela.
— Ils ont une vie de labeur et de souffrance.
— Oui, il est vrai. Mais lorsqu'ils vivent un moment de joie, cela leur donne de l'espoir pour des années. Alors que pour nous, la seule idée d'une soirée dans le temple de Dionysos nous donne juste le sourire, car nous savons qu'il y en aura une infinité à venir.

— Il est possible que cela soit remis en cause...

Zeus était fortement étonné par la réplique de sa fille, ce qui l'intrigua au plus haut point. Il lui demanda :
— De quoi s'agit-il ?
— Je ne sais pas trop par où commencer. Est-ce que tu connais l'épée qui se nomme le Fléau des dieux ?
BAM !

Zeus donna un coup de point sur son trône de rage. Le simple fait d'avoir la mention d'une telle arme pouvait le déstabiliser.
— Ainsi donc, mon sombre frère est de retour ! devina-t-il, agacé.
— Pas exactement, père. Si j'en crois ma chouette, une nouvelle déesse se trouverait à la surface et envisagerait de nous envahir, expliqua la déesse de la sagesse.
— J'ai besoin que tu me décrives précisément tout ce que tu sais, dans les moindres détails.

Athéna fit donc un long discours afin d'expliquer la situation au roi de l'Olympe, qui n'en revenait pas. Zeus se leva et fit les cent pas dans son temple, la main droite gratouillant sa barbe grise. Après une longue réflexion, il prit une première décision.
— Ma fille, tu vas faire un point avec les autres, annonça-t-il. Nous devons à tout prix avertir Artémis, elle risque de se trouver sur le chemin de cette maudite déesse obscure. Heureusement qu'Héphaïstos a bloqué une partie des compétences

de cette arme, il nous a probablement sauvés. J'irai le remercier plus tard.

— Père, il nous faut nous débarrasser d'elle avant qu'elle puisse comprendre toutes ses capacités. Ce n'est qu'une écervelée !

— Non, laissons-la venir dans un premier temps, elle ne peut entrer dans notre sanctuaire, à moins que... Héra ! Bon sang, il faut la surveiller, réalisa Zeus avec inquiétude. Si elle conspire encore contre moi, cela pourrait s'avérer délicat cette fois-ci.

— Je peux laisser ma chouette le guetter, suggéra Athéna.

— Non, Héra la tuerait. De toute façon, elle n'a rien à gagner avec Hadès, je vais lui faire confiance, elle n'est sûrement pas impliquée.

— Qui est donc impliquée et dans quoi, cher mari infidèle ?

Cette voix provenait de l'entrée du temple. Héra fit son entrée d'une bien belle manière avec un verre de vin à sa main droite. Elle avança lentement sans un regard pour Athéna, habituée d'être ainsi méprisée.

— Père, je prends congé, je reviens vers vous dès que j'ai du nouveau.

— Bien sûr ma chérie, mais pas avant mon super câlin !

Zeus enlaça sa fille en la soulevant contre lui comme si elle était encore une petite fille. Après cette étreinte, il la reposa pour la laisser quitter le temple.

— Je vais aller au chevet d'Aphrodite, je sais où elle s'est réfugiée, indiqua Zeus.

— Merci, père, répondit Athéna en sortant du temple.

Héra but une grande gorgée de nectar, savoureux mélange de vin et de miel parsemé de fleurs délicates. De son côté, Zeus en profita pour se rasseoir sur son siège divin.

— Elle manigance quoi encore, ta chère fille ?

— Héra, je te prierai d'être plus respectueuse, ça ne te fera pas de mal, l'invectiva Zeus. Et d'ailleurs, pourquoi es-tu ici ? Je ne t'ai pas convié.

— Ai-je besoin d'invitation pour venir voir mon époux ? répondit-elle en posant sa main gauche sur le torse du roi.

— Ce serait préférable, tu n'es pas à ta première conspiration.

— C'est du passé tout ça, j'ai mis beaucoup d'eau dans mon vin.

— Pas sûr que Dionysos apprécie la démarche !

— Ce dépravé est encore soûl, j'en suis sûre. Mais je ne suis pas ici pour échanger des banalités. Je viens pour te prévenir d'un délit.

— Qui est donc concerné ?

— Une humaine, une spartiate a attaqué la ville d'Argos et a fait plusieurs victimes.

— Une humaine… ou bien une immortelle ?

— Que veux-tu dire ? s'exclama la déesse du mariage, surprise.

— Héra, ma pauvre Héra… Tes machinations sont bien ridicules. Je sais qu'il y a quelque chose de grave qui se rapproche, et je suis certain que tu es derrière tout cela, ou bien, que tu en sais bien trop.

— Tssss, va donc sur la surface engrosser de nouvelles pétasses !

Après cette insulte qui n'en était pas réellement une aux yeux de la reine des dieux, elle décida de partir en jetant son verre contre l'un des murs du temple. Ce dernier ne se brisa pas et rebondit aux quatre coins de l'édifice jusqu'à passer devant Zeus qui s'en saisit avec énormément de maîtrise. Il vit son épouse quitter son temple dans une rage non contrôlée à la vue de sa démarche. Néanmoins, il avait fort à faire et en profita pour se lever de son siège avec une légère difficulté. Le poids des années commençait à se faire ressentir et le roi des dieux semblait légèrement fatigué ces derniers temps.

— Je vais laisser Athéna gérer la situation, du moins pour quelques heures, je dois me rendre au chevet d'Aphrodite, formula-t-il pour lui-même.

Il leva sa main droite vers le ciel afin d'attirer l'arme la plus convoitée de toute la Grèce. Un immense éclair frappa la main du roi dans un fracas des plus impressionnants. La foudre qu'il avait saisie était absolument impossible à maîtriser, même pour un dieu puissant et déterminé. Zeus la plaça sur son torse et se concentra sur sa prochaine destination. Puis la foudre le frappa de nouveau, le faisant disparaître dans un épais nuage de poussière soulevé par la puissance des éléments.

Sur l'île de Chypre, la déesse de l'amour se prélassait dans son bain, au sein de son espace personnel que les mortels respectaient en gardant au mieux leurs distances. Quelques gouttes de sang continuaient à glisser le long de son visage meurtri par sa dernière et malencontreuse rencontre. Tentant au maximum de nettoyer une plaie qui laisserait sans nul doute une trace marquante, Aphrodite était inconsolable, noyée dans un profond chagrin.

Soudain, la foudre frappa le sol à quelques dizaines de mètres du sanctuaire sacré. Elle se retourna et vit une silhouette massive se diriger vers elle, masquée par la poussière que le choc avait soulevée. Elle esquissa un léger sourire, devinant l'identité de son visiteur, et avec grâce et délicatesse elle plaça ses longs cheveux soyeux devant la moitié de son visage meurtri. Le nouvel arrivant se permit d'interpeler la divinité avec un certain tact très personnel.

— Alors, comment va la plus belle et la plus désirée de toutes les déesses de l'Olympe ? lui demanda Zeus avec son habituelle bonne humeur.

Aphrodite n'était pas vraiment enjouée et dévoila son visage en replaçant ses cheveux pour lui signifier son état.

— D'après toi, j'ai l'air d'aller bien ?

— Bordel de dieu ! s'écria Zeus sans aucune retenue en voyant l'abominable blessure. Mais que s'est-il passé ?

La déesse détourna le regard et porta son attention sur l'eau douce qui se trouvait devant elle. Il souhaita la réconforter en la prenant dans ses bras, mais lorsqu'il mit un pied dans l'eau afin de la rejoindre, il le ressortit aussitôt en poussant un léger cri de surprise.

— AH ! Mais elle est gelée, cette flotte !

— Zeus, je veux juste me retirer quelque temps, lui avoua Aphrodite.

— La dernière fois que tu as voulu être seule, c'est Athéna qui est allée te retrouver sur l'île de Paros. Rentre avec moi sur l'Olympe, Apollon pourra sûrement t'aider.

— Laissez-moi seule dans ma laideur…

Zeus se doutait de la réaction de la déesse de l'amour. Il en profita pour s'asseoir en tailleur sur le sol tout en arborant un sourire réconfortant.

— Je sais que pour toi l'apparence est primordiale, mais tu ne peux pas rester ici pour l'éternité.

— Mais regardez mon visage ! Nul ne pourra plus jamais me vénérer pour mon apparence… Je suis devenue plus moche encore qu'Héphaïstos.

Le roi des dieux lâcha un bref rictus et se mit à tousser pour le dissimuler, ce que remarqua aisément Aphrodite, fortement agacée par cette réaction.

— Si tu es là pour me tourmenter, je te prie de quitter ce sanctuaire sacré, lui demanda la déesse avec une certaine tristesse.

— Navré, je ne voulais pas me moquer. Mais te comparer à la laideur de ce vieux pou de forgeron, cela m'a vraiment surpris.

— Je me doute, répondit-elle avec un léger sourire. Mais il est temps pour moi de me mettre en exil, pour une durée inconnue.
— Je te suggère de rejoindre les Nymphes qui sont sous la protection d'Artémis, elles te viendront en aide et seront une agréable compagnie.
— Merci pour cette information, mais j'y ai déjà songé. Je suis juste en fureur contre cette maudite pétasse !
— Oui c'est vrai, j'ai complètement oublié cette invitée surprise. D'ailleurs, c'est la raison de ma présence ici. Je souhaite que tu me racontes ce qui s'est réellement passé, et surtout, pourquoi elle t'a infligé une telle blessure.
— Je ne le sais pas moi-même. Une véritable cinglée ! Et surtout une ennemie redoutable.

Zeus n'était pas forcément surpris par une telle description. Néanmoins, il connaissait le courage de la déesse qui aujourd'hui se morfond dans son bain. Si une peur aussi grande fut-elle était capable de saisir Aphrodite, alors la menace devait être conséquente et le nécessaire devait être effectué dans les plus brefs délais.

— Aphrodite, peux-tu me dire ce qui s'est passé dans la forge ?
— Je n'ai pas envie d'en parler... Je suis juste venue défendre mon époux et j'ai été attaquée par cette folle. Il n'y a rien d'autre à dire...
— Donc elle t'a agressé sans aucune raison. Cela n'a vraiment pas de sens... Ce qui me chagrine le plus, c'est que notre cher Héphaïstos a donné une arme

aussi redoutable capable de terrasser chacun d'entre nous.

— Cela n'est plus mon problème. Laissez-moi par pitié !

— Va voir Artémis et prends soin de toi, décréta le roi des dieux. Je ne veux pas te savoir seule, même si tu es ici dans ton sanctuaire.

— Je vais y réfléchir, peut-être que j'irai voir Dionysos pour y noyer mon chagrin, maintenant que je suis laide.

— Bon comme tu voudras. D'ailleurs j'ai une petite faveur à te demander... Il y a une mortelle à Naxos qui...

— NON ! Je ne vous aiderai pas pour votre prochaine conquête parmi les humains. Vous avez déjà eu suffisamment d'aventures comme ça !

— Oui, tu as raison, je n'aurais pas dû te demander cela, je m'en excuse. Pas même une petite nuit avec elle ? Il y a un temple qui...

— Zeus !

— Très bien, je m'en vais. Prend soin de toi Aphrodite, ton retour est déjà très attendu.

Le dieu barbu se releva et fut de nouveau frappé par un éclair surpuissant, le faisant disparaître. Son départ souleva un épais nuage de poussière qui fit tousser la déesse, assez mécontente de voir son eau souillée par la terre.

— Ce vieux fou infidèle...

Athéna arriva enfin devant le plus vaste temple qui se dressait sur l'Olympe. Ressemblant en tous points au Parthénon par son architecture, toutefois il était facilement cinq fois plus grand que ce dernier. Sa particularité était la présence de toutes les statues en or incarnant les douze divinités de l'Olympe dans toute leur splendeur avec leurs attributs. Ce qui était fort intéressant était la flamme au pied de certaines d'entre elles. Celle-ci jaillissait une fois seulement si son dieu était présent. Ainsi donc, la déesse de la sagesse remarqua que bien peu de ses compères étaient arrivés sur l'Olympe, ce qui allait être comme toujours délicat pour transmettre les dernières informations menaçant leurs existences. Seules les statues d'Apollon, d'Hermès, d'Héra, de Dionysos et enfin la sienne, étaient embrasées.

Elle se décida tout de même à entrer dans les lieux afin d'avoir un conseil d'urgence sur la situation à venir. En franchissant l'entrée du temple, elle fut comme toujours frappée par la majesté envoûtante des lieux.

Le temple est une merveille d'architecture colossale, construit en marbre blanc immaculé qui capte et reflète les rayons du soleil, créant ainsi un éclat éblouissant visible à des kilomètres. Les colonnes corinthiennes, imposantes et ornées de motifs complexes représentant les exploits héroïques des dieux, s'élèvent vers le ciel et supportent un entablement sculpté de frises symbolisant quant à elles des scènes mythologiques. Les portes, en or massif, sont gravées de figures des dieux et déesses, chaque détail est finement ciselé pour rendre hommage à leur puissance et à leur grandeur.

En entrant dans le temple, l'immensité de l'espace intérieur en met immédiatement plein la vue. Le sol en marbre poli, incrusté de pierres précieuses formant des motifs géométriques sacrés, reflète la lumière douce qui émane de chandeliers suspendus en or et en cristal. Le plafond, orné de fresques magistrales, dépeint les cieux étoilés et les constellations, rappelant l'omniprésence divine.

En son centre, un immense autel en pierre, paré de sculptures dorées, est dédié à Zeus, le roi des dieux. Sa colossale statue trône majestueusement derrière l'autel, avec sa foudre à la main et domine tout l'espace. Les yeux de la sculpture semblent briller d'une lumière propre, conférant une présence vivante et majestueuse.

Au-delà de l'imposante représentation du roi des dieux se trouve un bien étrange escalier, que seules les divinités peuvent emprunter. Ce dernier mène à un immense couloir aboutissant dans la légendaire salle des Trônes, au sous-sol.

Enfin, à l'arrière du temple, des jardins suspendus offrent un havre de paix et de beauté. Des plantes exotiques et des fleurs immortelles, dont les couleurs et les parfums envoûtants défient l'imagination, y prospèrent grâce à l'eau pure des sources célestes. Des fontaines sculptées en forme de créatures mythologiques jaillissent des eaux cristallines, ajoutant une mélodie douce au murmure du vent dans cet écrin éternel.

L'atmosphère du temple est imprégnée d'un parfum léger et agréable, un mélange de nectar et d'ambroisie, nourriture et boisson des dieux. Le temps semble s'arrêter dans cet endroit sacré, où la beauté et la sérénité règnent en maîtres, permettant aux divinités de se réunir et de régner sur le monde avec sagesse et puissance, du moins lorsqu'ils arrivaient à se réunir tous ensemble, ce qui était très peu fréquent.

Athéna déambula devant l'hôtel principal et fit une offrande pour son père. Elle posa une simple pomme d'un rouge vif sur la table sacrée, puis la contourna ainsi que la colossale statue tout en arborant un léger sourire empli de respect et d'une certaine complicité. Elle emprunta rapidement l'escalier afin de se rendre dans le lieu où elle avait convoqué un maximum de dieux, excepté Arès qu'elle irait voir plus tard de peur qu'il ne commette un impair. Une fois le long couloir franchi, elle arriva dans la majestueuse pièce secrète du temple. Ce qui était frappant était la lumière qui baignait ce lieu. Bien qu'elle soit sous le temple, elle semblait léviter au-dessus des nuages qui étaient visibles sur le sol.

La salle des Trônes est circulaire, permettant à chaque trône d'avoir une vue égale sur le centre de la pièce, où se tient une table ronde en marbre incrustée de motifs dorés représentant l'univers. Le dôme qui surplombe la pièce est en verre teinté, filtrant la lumière du soleil en un kaléidoscope de couleurs célestes qui dansent sur les murs et le sol.

La salle est ornée de fresques murales représentant des scènes mythologiques de la création du monde, des exploits des héros et des batailles épiques. Des chandeliers en or pendent du plafond, diffusant une lumière douce et chaleureuse, créant une atmosphère à la fois solennelle et accueillante.

Une mélodie douce et harmonieuse, jouée par des instruments divins invisibles, résonne constamment dans le lieu et apporte une sensation de paix et d'harmonie. Les murmures des dieux, lorsqu'ils parlent, semblent se fondre dans cette musique, ajoutant une dimension supplémentaire de majesté à leurs discussions.

Chaque trône est une œuvre d'art unique, adaptée à la divinité qu'il représente par leurs attributs et leur essence divine.

Sans grande surprise, bien peu de dieux avaient répondu présents à l'appel d'Athéna. Apollon était en pleine discussion avec Hermès, tandis que le seul autre dieu présent, Dionysos, était affalé sur son trône avec une petite amphore dans la main droite. Elle était désespérée de voir une fois de plus le dieu de la fête et du vin dans un état lamentable et grotesque.

— Athéna ! Tu peux venir nous rejoindre, l'invita Apollon avec sa bonne humeur habituelle.

— Il n'y a personne d'autre que vous deux et l'autre alcoolique ? s'indigna Athéna.

— Eh twoi ! Jne t'permet po de me traifer d'alcooli hmmm ! rétorqua piteusement Dionysos avant de vomir des litres de vin sur son trône.

Les trois divinités furent dépitées par le spectacle inapproprié et pitoyable donné par Dionysos, surtout dans un lieu aussi important. Seul Hermès avait tout de même un léger sourire, amusé de voir le dieu de la fête s'étendre de tout son long sur le sol en gémissant.

— Bon, reprenons les affaires sérieuses. Nous avons une menace qui plane sur nous, rappela la déesse de la sagesse.

— Athéna, je t'apprécie, mais il me semble que nous sommes des divinités et qui plus est sur l'Olympe, rétorqua Hermès. Que pourrait-il bien nous arriver ?

— Je dois dire que je suis en accord avec le messager, renchérit le dieu de la lumière. Mais nous t'écoutons.

Athéna prit le temps d'expliquer en intégralité tous les faits que sa chouette avait vu en apportant le plus d'informations possible. Au fur et à mesure de son allocution, son auditoire était de plus en plus médusé par toutes ces révélations. La venue d'une nouvelle divinité était déjà exceptionnelle, mais que ce soit l'engeance d'Hadès apportait une touche de crainte qu'il ne fallait pas négliger.

— Est-ce que tous les dieux sont au courant de tout ça ? demanda Apollon, inquiet.

— Non, pas tous. Je veux que tu ailles voir ta sœur, exigea Athéna, elle risque de se confronter à cette Hespéria.

— Artémis est tout sauf vulnérable. Je ne m'inquiète pas pour elle. Mais je vais tout de même aller la prévenir et lui demander de nous rejoindre le temps de trouver une solution.

Hermès était quant à lui nerveux et semblait vouloir tourner court à toutes ces discussions, ce que remarqua aisément Athéna qui devina son malaise et se fit un plaisir de le confronter.
— Tu nous caches quelque chose, n'est-ce pas ?
— Je n'ai rien à dire, rétorqua sèchement le guide des voyageurs.
— Si j'apprends que tu as agi dans notre dos, cela se passera très mal, le menaça Athéna qui avait l'air furieuse.
— Si tu sais quelque chose qui nous serait utile, tu as juste à nous le dire, insista le dieu de la musique.
— Foutez-moi la paix, vous deux ! Je n'ai fait que m'acquitter d'une dette en rendant un service, rien de plus. Maintenant, laissez-moi, j'ai beaucoup à faire aujourd'hui.

Fuyant, Hermès commença à quitter la salle lorsqu'il sentit une immense douleur sur le flanc droit, qui le fit tomber au sol. Athéna lui avait asséné un violent coup de poing. Sur le dos, il vit la déesse mettre son pied droit sur son torse.
— Mais tu fais quoi, pauvre folle ?!
— Dis-moi ce que tu as fait, ou je t'écrase ici même comme le misérable cafard que tu es !

Apollon était effaré face à cette scène des plus violentes, toutefois, il préféra ne pas s'en mêler et resta en retrait. Il savait pertinemment qu'il était plus que regrettable de contrarier Athéna.

— J'ai juste prêté mes sandales, voilà c'est tout ! avoua Hermès en hurlant. On me l'a demandé, car j'avais une dette à rembourser, c'est tout !

— À qui les as-tu prêtées et pour quoi faire ? l'interrogea Apollon, qui était étonné que le dieu ait pu se séparer de ses attributs.

— À la nouvelle déesse... Elle devait aller voir Héphaïstos, je n'en sais pas plus. Et au bout de quelques heures, mes sandales me sont revenues.

— Qui te l'as demandé ?

— Athéna, tu me fais mal, j'ai répondu à tes questions ! se plaignit Hermès, toujours sous le joug de la déesse.

— QUI ?!

— Il a obéi sous mes ordres ! intervint une voix envoûtante.

C'était bien Héra qui faisait son apparition contre toute attente, se tenant à l'entrée de la salle. Elle s'approcha d'un pas nonchalant avec un léger sourire, satisfaite de voir ses comparses se malmener entre eux. Athéna relâcha son entrave d'Hermès qui se redressa piteusement.

— Allons, mais que se passe-t-il, Athéna ? Ce n'est pas très sage de s'en prendre à l'un d'entre nous, ajouta mielleusement la nouvelle venue.

— Héra, maudite conspiratrice, grogna Athéna. Que prépares-tu de nouveau ?

— Mais enfin, rien du tout ! Que cherches-tu à prouver ?

— Nous devrions en rester là, les esprits se sont un peu trop échauffés pour pas grand-chose, murmura Apollon qui était de plus en plus inquiet par la tournure des évènements.

— Jeune Apollon, soit gentil, et ferme gentiment ton clapet, ordonna Héra qui en profita pour s'asseoir sur son trône.

— Que manigances-tu ? demanda Athéna avec détermination. Si c'est encore pour tes ambitions personnelles, cette fois-ci, cela risque d'aller trop loin.

— Tes menaces et tes invectives me transportent d'indifférence, petite fille chérie d'un roi dépravé. Tu veux vraiment savoir ce que je prépare ? Je vais te décevoir. Absolument rien. J'ai juste fait une rencontre fortuite avec une femme… qui s'est avérée être la fille d'Hadès ! Je lui ai donc proposé mon aide par l'intermédiaire de ce bon à rien d'Hermès afin qu'elle puisse se rendre chez Héphaïstos. Rien de plus.

La réponse d'Héra finit par exaspérer Athéna qui déplora.

— Pour qu'elle puisse récupérer une arme capable de nous anéantir ? Ça, également, tu l'ignorais…

— En tant que reine des dieux, je vous demande de vous retirer tous les trois, laissez-moi seule, intima expressément l'épouse de Zeus. Enfin, laissez Dionysos dans sa vinasse, il a dû s'endormir sur le sol une fois de plus, ajouta-t-elle avec une moue dégoûtée.

— Si tu complotes contre mon père ou contre l'un d'entre nous, cette fois-ci tu ne t'en sortiras pas, Héra.

— Dehors Apollon ! rétorqua la reine. Tu n'as rien à me dire et encore moins de menaces à proférer contre moi. Regarde-toi, tu portes encore une couronne de lierre prélevée du corps sans vie de ta bien-aimée Daphnée, alors ferme-la et va jouer de la lyre et de la flûte dans ta chambre !

Athéna mit sa main droite sur l'épaule du dieu de la musique, malmené par les propos d'Héra. Ce dernier lâcha une larme avant de prendre le chemin de la sortie, accompagnée par les deux autres divinités qui lui apportèrent leur soutien. Une fois seule, Héra savoura cet instant dans un rire glaçant.

Maintenant hors du temple, les trois divinités paraissaient légèrement décontenancées par les récents évènements et l'altercation qui venait d'avoir lieu dans le sanctuaire. Athéna posa sa main sur le bras d'Hermès afin de s'excuser pour son comportement. Il n'y avait point besoin de parole, le regard que lui adressa la déesse de la sagesse valait des milliers de mots. Toutefois, elle prit la parole afin de donner quelques indications.

— Prenez le temps de voir un maximum de dieux afin de les avertir de ce qui se trame. De mon côté, je vais rendre visite à Arès et voir s'il accepte de se joindre à nous.

— Très bien, je vais en informer toutes les divinités, ajouta le messager.

— Déméter n'est pas là, cela veut sûrement dire que sa fille est de retour pour les six prochains mois, suggéra le musicien.

— Apollon, je comprends ce que tu sous-entends, mais je ne veux pas me confronter à Perséphone... Elle reste l'épouse d'Hadès et par conséquent, la reine des Enfers. Il est possible qu'elle ne nous soutienne pas. Nous allons devoir nous armer de prudence.
— Tu as raison, comme toujours.
— Ne sois pas charmeur. Faites attention à vous, on se revoit très bientôt, leur dit Athéna. N'oubliez pas, ici, nous sommes en sécurité, nul ne peut franchir les frontières du sommet de cette montagne.

Après ses indications, elle se métamorphosa en une chouette ravissante et prit son envol afin de retrouver le dieu de la guerre.

CHAPITRE 10
UNE PROPOSITION INATTENDUE

Cela faisait des heures qu'Hespéria cherchait un chemin ou bien un sentier pour atteindre le sommet de l'Olympe, son objectif. Quel que soit l'endroit où elle se trouvait au pied de cette montagne légendaire, aucun accès ne s'offrait à elle, comme s'il était impossible de la gravir. Commençant à perdre patience, elle décida de s'assoir afin de se reposer quelques minutes et se noya dans ses pensées. Son but était presque à portée de main, elle le savait pertinemment. Un enchantement devait certainement protéger l'accès principal du royaume des dieux.

Soudain, elle sentit une odeur très agréable, celui d'un bon repas. Cela faisait bien longtemps qu'elle ne s'était pas restaurée et bizarrement, elle ne ressentait ni la faim ni la soif, sans doute grâce à son nouveau statut de déesse. Elle se releva aussitôt et se dirigea vers le lieu d'où venait cette odeur intrigante. Après quelques minutes de marche, elle arriva devant un camp militaire provisoire qui venait d'être mis en place. Hespéria se rapprocha avec prudence à travers les arbres et les buissons pour ne pas être repérée par les soldats, qui étaient en plein déjeuner dans une grande camaraderie. Il s'agissait d'une partie de l'armée athénienne qui devait patrouiller bien loin de leur cité, probablement un détachement diplomatique faisant une halte aux vues des quelques hommes revêtus non pas de casque et d'armure, mais de simple toge. Hespéria ne voulait qu'une seule chose, éradiquer chacun de ces hommes. De plus, elle y voyait une opportunité exceptionnelle de tester sa nouvelle carte maîtresse et ses nouvelles capacités. Sans s'en rendre compte, un guerrier en pleine ronde de routine l'aperçut, son œil attiré par sa cape rouge. Sans aucune sommation, il décida de lui jeter sa lance. La jeune femme fut percutée de plein fouet et se retrouva au sol. L'arme du soldat venait de lui transpercer le bras droit.

Impossible, Hespéria se releva et se tourna vers le malheureux qui se liquéfia en la voyant se dresser devant lui. Elle retira la lance avec une grande maitrise et observa avec stupeur sa blessure, qui se referma rapidement grâce à une fumée noire provenant de sa nouvelle arme. Désormais, c'était très clair pour la guerrière. Elle était devenue invulnérable et allait pouvoir se donner à ses plus grandes pulsions meurtrières sans aucun risque pour sa vie.

— Je vous en prie, épargnez-moi ! Je ne voulais pas vous blesser !

Hespéria savourait les supplications de l'homme, à genoux devant elle. Il le savait pertinemment, se mettre à hurler afin d'obtenir de l'aide le mettrait à mort quoi qu'il arrive.

— Je suppose que tu m'as jeté cette lance dans l'unique intention de me saluer, rien d'autre, je présume ? ironisa Hespéria.
— Pardonnez ce geste, faites preuve de sagesse comme la grande Athéna, le supplia le guerrier avec désespoir.
— Cette morue ! Je la méprise à un point que tu ne peux imaginer comme tout ce qui est de près ou de loin lié à la cité d'Athènes. De misérables parasites, voilà ce que vous êtes ! Mais rassurez-vous tous, je viens faire le ménage et je vais commencer par toi !

Terrifié, le soldat voulut se relever et fuir le plus vite possible.
CHLACK !

Une immense douleur à la poitrine le fit chuter en avant. Il découvrit sa propre lance qui ressortait de son torse et tomba alors sur le côté, agonisant. Hespéria arriva à sa hauteur et dégaina sa nouvelle épée, impatiente de s'en servir enfin.
— Ne t'en fais pas, tu seras très bientôt rejoint par tes camarades.

La déesse planta la lame dans le cœur de sa victime avec une grande précision, lui retirant la vie après un dernier souffle. Ce fut à ce moment précis que les capacités macabres de l'arme se mirent en action. La lame absorba rapidement l'âme de sa victime dans un premier temps, puis réduisit en cendres le corps sans vie du modeste soldat. Hespéria ressentit une immense satisfaction qui se calma petit à petit, du moins dans l'instant, ainsi que sa soif de

violence. Mais elle entendit un des militaires donner l'alerte, ce qui provoqua une immense panique sur le camp en quelques secondes. Elle le savait pertinemment, il lui fallait attaquer le plus vite possible afin d'éviter une bataille face à une armée en ordre prêt au combat.
—Formez les rangs ! hurla le commandant de la troupe athénienne.

La jeune déesse se trouvait devant la faction et arborait un large sourire. Les hommes se placèrent les uns après les autres, bouclier et glaive à la main, mais ils furent vite surpris de ne voir qu'une femme. Le commandant, malgré ses années de services et d'expérience, commit une erreur qui allait s'avérer catastrophique, celle de sous-estimer la jeune guerrière qui se dressait devant ses troupes.
—Qui a donné l'alerte pour une simple mercenaire futile ?
—C'est moi ! répondit un des soldats se trouvant sur la deuxième ligne de la phalange. Elle a tué l'un des nôtres et a réduit son corps en cendre en un battement de cils. Je l'ai vu ! C'est une démone, un être abject !

Le chef militaire n'en croyait pas ses oreilles, un tel récit fantasque pour une si petite escarmouche. Il ne cacha pas son désarroi et décida de se diriger vers la mystérieuse femme qui gardait le silence tout en arborant son sinistre sourire qui en disait pourtant long sur ses intentions.
—Est-ce bien vrai que vous avez abattu un de mes soldats ? demanda le commandant avec force.

— Je suis confuse, croyez bien que cela n'était pas mon intention, assura la déesse avec une grande mesquinerie. Je veux juste... tous vous anéantir afin de me satisfaire de vos pitoyables vies, et je vais continuer avec vous !

À la suite de ces paroles, elle trancha la tête du commandant en un éclair avec son arme divine. Le corps s'effondra sur le sol avant de disparaitre totalement, laissant derrière lui quelques cendres qui se dispersaient rapidement au vent. Néanmoins, une légère fumée provenant de la dépouille fut emprisonnée par l'épée, ce qui portait le nombre d'âmes à deux.

— Soldats, préparez-vous à la bataille ! hurla un des dignitaires présents à l'arrière.

— Allons mes mignons, déposez vos misérables morceaux de ferrailles et rendez-vous ! proposa Hespéria dans un grand calme tout en s'avançant vers eux. Si vous obéissez, je vous tuerai sans souffrance, je vous le promets. Résistez-moi, et ce sera une véritable boucherie.

Les guerriers athéniens ne prirent pas en compte cet avertissement et se préparèrent à ce qui allait être pour eux une formalité. Au son de l'ordre donné par les dignitaires avec force et détermination, les rangs serrés se mirent à avancer lentement vers la déesse qui n'en revenait pas de leur stupidité. Elle laissa ses émotions et pulsions dévastatrices prendre le dessus, matérialisé par son arme légendaire. Son épée déclencha un fort et épais nuage sombre qui entoura sa propriétaire, lui donnant un aspect effrayant. Ses yeux brillaient d'un rouge brillant et menaçant. Hespéria était prête à réaliser un de ses rêves les plus abominables, défaire les troupes de l'armée athénienne à elle seule.

Sans la moindre hésitation, elle se rua de toutes ses forces contre la première ligne qui vola en éclat dû à la puissance du choc frontal. Les puissants boucliers et lances athéniennes furent inefficaces contre la déesse, qui se réjouissait sans mesure de la situation. Le bataillon était totalement en désordre, des dizaines d'hommes étaient sur le sol et gémissait à cause des blessures qu'ils venaient de recevoir. Ceux qui étaient encore en mesure de se battre firent preuve d'un courage sans égal. Les uns après les autres, ils défièrent leur adversaire, sans lui causer la moindre blessure. Hespéria était au sommet de ses capacités. Chaque coup qu'elle assénait était d'une violence exceptionnelle. Les soldats perdirent la vie les uns après les autres, sans la moindre chance de survie. Le combat dura de longues minutes jusqu'à ce qu'il ne reste qu'une poignée d'hommes, les plus vaillants guerriers formaient un cercle autour de la fille du roi des Enfers. Néanmoins, ce petit jeu semblait ne plus l'amuser, alors la jeune femme décida d'utiliser ses nouvelles capacités. Elle planta son épée dans le sol, permettant ainsi à la fumée noire de se répandre et de se diriger lentement vers les corps sans vie. Les survivants virent un spectacle des plus atroces. Les volutes enveloppèrent lentement ces derniers et les réduisirent en poussière sous les yeux terrifiés des guerriers toujours aptes au combat. La déesse en profita pour s'adresser à eux avec tout son sadisme.

— Déposez vos armes, et je vous promets une mort sans douleur pour la seconde et dernière fois.

Aucun ne prit la parole, tous tenaient fermement leurs glaives dans l'espoir de revoir un jour leurs familles. Mais ce silence finit par agacer Hespéria, qui décida de se déchaîner derechef.

— Bien, vous allez affronter vos frères. Essayez de ne pas mourir trop vite.

La déesse leva les mains au-dessus de sa tête et laissa échapper de ses doigts une nouvelle fumée d'obscurité qui se propagea encore une fois sur le sol. De nombreux spectres se matérialisèrent, prenant l'apparence d'humains équipés de leurs armes. Les âmes prisonnières de l'arme légendaire étaient maintenant présentes sur le champ de bataille, sous les ordres de la divinité. Les soldats encore vivants devaient se résoudre à affronter leurs camarades tombés au combat. Cette armée des morts était des plus sinistres, les corps ressemblaient à des cadavres désarticulés. Ils étaient fins prêts à obéir aux pires des ordres, ce qui n'allait hélas plus tarder.

— Mes modestes pantins, faites-moi plaisir... TUEZ-LES TOUS !!! hurla Hespéria.

La bataille qui suivit n'en était pas une, c'était une véritable mise à mort sans la moindre chance d'y échapper. Chaque homme qui périt rejoignit immédiatement l'armée des ténèbres en un clin d'œil.

Rapidement, l'affrontement fut terminé et les spectres se dissipèrent les uns après les autres dans un silence angoissant.

La jeune femme, satisfaite d'une si redoutable démonstration de puissance, récupéra son arme toujours plantée dans la terre. Elle remarqua les derniers dignitaires terrorisés par le destin qui les attendaient. S'agenouillant sur le sol, ils se mirent à supplier pour leur vie devant la déesse qui savourait une nouvelle fois ce spectacle. Elle qui avait constamment été rejetée par les troupes spartiates était fière de prouver sa grande valeur, celle qu'elle s'était toujours convaincue de mériter.

— Misérables démocrates, déclara-t-elle d'une voix sinistre, je vais me montrer généreuse. Je vous laisse la vie.
— Votre dignité vous précède, grande divinité ! rétorqua l'un des politiciens, qui tentait de l'amadouer.
— Silence, vermine ! Je fais cela dans un unique but, car j'ai un service à vous demander.
— Tout ce que vous voudrez ! répondit l'un d'entre eux, complètement terrifié.
— Racontez ce qui s'est passé ici. Dites bien à chaque fils et fille d'Athènes qu'ils seront les prochains. Je vais m'occuper des autres dieux et ensuite, je vous traquerai dans chacune de vos maisons. Il n'y aura nulle caverne, nulle crevasse où vous pourrez m'échapper. Maintenant, disparaissez, j'en ai fini avec vous.

Les hommes ne se firent pas prier et partirent aussi vite que leurs jambes leur permettaient. Pleinement satisfaite de ce qui venait de se passer, Hespéria s'accorda du repos bien mérité. Elle s'assit par terre et allongea ses jambes pour se détendre. Néanmoins, elle remarqua le sang venu tacher sa tenue, la bataille avait été éprouvante bien que relativement simple. Ayant conscience de ses nouveaux pouvoirs, elle sut à cet instant qu'elle était quasi invulnérable, ce qui était un atout plus que décisif pour ses ambitions démesurées.
CLAP CLAP CLAP !!!

Dans un sursaut, la jeune déesse entendit des applaudissements provenant des rochers dressés derrière elle et entourés par une végétation haute et de quelques arbres. Sa curiosité l'obligea à se relever après ce répit de très courte durée. Hespéria plaça sa main droite sur la garde de son épée, se préparant à un éventuel affrontement.

— Montrez-vous ! ordonna-t-elle avec fermeté.

C'est alors qu'Héra en personne se montra, un sourire de satisfaction sur le visage et les bras ouverts, comme pour accueillir une vieille amie.

— Je vois que tu as fait de très gros progrès, la complimenta la nouvelle venue.

— En effet, je n'aurais aucun mal à me défaire de ce qui se trouvera sur mon passage.

— C'est exactement ce que je voulais entendre.

— Je ne vous dois rien, je préfère vous prévenir.

— Il me semble t'avoir accordé beaucoup, fille d'Hadès, rétorqua la reine des dieux. Comme tu le sais, nous avons tout intérêt à nous entraider.

Hespéria n'appréciait guère la tournure des évènements, alors elle décida d'interroger celle qui se montrait si gentille avec elle sur ses réelles intentions.
— Dites-moi les véritables raisons qui vous poussent à me suivre.
— Voilà qui est plutôt direct. Tout d'abord, je dois dire que j'ai été très impressionnée par ton combat, commença Héra.
— Arrêtez votre baratin. Vous avez dû voir le grand Achille devant les remparts de la cité de Troie, répliqua la fille des Enfers. Cela devait être bien plus impressionnant que ce modeste échauffement.

La déesse du mariage se rendit compte que son interlocutrice était bien plus dégourdie qu'elle ne l'avait imaginé. Alors elle décida de faire preuve de franchise, afin d'obtenir sa confiance.
— Bon, il est inutile de t'endormir. J'ai besoin de ton aide pour renverser mon infidèle de mari, avoua-t-elle.
— Décidément, tout le monde veut prendre sa place, s'amusa la jeune déesse.
— Tu seras plus que récompensée, lui promit Héra. Je t'offrirais tout ce que tu désires.
— Comment pouvez-vous prétendre m'accorder plus que ne le ferait mon père ?
— Allons, Hespéria ! Réfléchis un peu, veux-tu ? Si tu avais tant désiré ce qui est sous le contrôle de ton paternel, tu serais actuellement en train de régner sur

les Enfers. J'en conclus que tes ambitions sont tournées vers notre demeure céleste, je me trompe ?

La jeune guerrière ne répondit point et se mit à faire quelques pas, comme pour dissimuler son embarras d'avoir été démasquée aussi facilement.

— Je ne te souhaite aucun mal, bien au contraire, lui assura la reine des dieux. Je me réjouis d'être en contact avec la descendance d'un dieu comme Hadès, j'ai un profond respect pour ce qu'il fait.

— Héra, il m'est difficile de faire confiance, lui confia Hespéria, toujours sur la défensive.

— Tu n'es plus une humaine, tu es bien plus que ça aujourd'hui. Je te propose juste une aide qui je suis sure, te feras grandement plaisir.

— En quoi cela me réjouirait de m'allier à vous ? Je n'ai pas grand-chose à y gagner.

— Car tu pourras disposer de tous les dieux de l'Olympe, surtout de cette petite garce d'Athéna.

Héra venait de toucher une corde sensible. Hespéria était au fond d'elle absolument enthousiaste de cette perspective. Elle tenta de garder ses émotions afin de ne pas être percée à jour, ce qui pourrait lui porter préjudice.

— Et je suppose que vous allez m'aider à les affronter, présuma-t-elle.

— Bien évidemment, je te suivrai dans la bataille, sois-en sure, répondit Héra sans conviction.

L'explication de la reine n'était en aucun cas sincère et Hespéria s'en était rendu compte. Elle prit la décision de s'entretenir avec son père pour faire un léger point avant d'accepter définitivement la proposition de son interlocutrice.

— Veuillez m'excuser, mais je souhaite m'entretenir rapidement avec mon père, lui annonça Hespéria. Je n'en ai pas pour longtemps. Pouvez-vous m'attendre quelques minutes afin que je puisse vous apporter une réponse adéquate ?

— Bien sûr, je vais patienter assise sur cette roche.

Héra sortit de sa toge une petite brosse à cheveux recouverts d'or afin de s'occuper de sa longue chevelure. Cette activité allait lui permettre d'attendre tout en fredonnant une petite mélodie. De son côté, Hespéria remarqua qu'un feu était toujours présent sur le camp du bataillon qu'elle venait de défaire, ce qui tombait à pic. Elle s'en rapprocha et l'utilisa afin d'entrer en communication avec le roi des Enfers.

— Père, je vous en prie, répondez-moi, pria-t-elle devant le brasier.

Soudain, d'énormes flammes s'élevèrent avant de prendre une forme humanoïde. Au bout de quelques secondes, cette dernière s'adressa à la jeune déesse avec une voix caverneuse et puissante, comme la dernière fois.

— Ma chère fille, que se passe-t-il ? As-tu enfin atteint le sommet de l'Olympe ?

— Pas encore père, mais je dois m'entretenir avec vous concernant Héra, j'ai besoin de conseil, expliqua la jeune guerrière.

— Hum... Cette vipère a dû te proposer une alliance, je suppose.

— En effet, elle me propose même de combattre contre les autres dieux.

— HA HA HA ! Il n'en sera rien, la seule chose qu'elle est capable de combattre, c'est un verre de vin. Ne crois en rien de ses paroles, ce qui l'intéresse c'est son profit personnel, le reste n'a aucune valeur à ses yeux, l'avertit son père. Sois bien prudente. En revanche, si elle te propose de l'aide concernant la tâche que je t'ai confiée, il serait préférable d'accepter. En outre, elle pourra te faire entrer dans leur royaume céleste, c'est à prendre en compte.

— Fort bien, je m'en serais doutée qu'elle n'était qu'une grande gueule inutile, maugréa Hespéria. Je lui trancherai la gorge sans retenue le moment venu.

— Où es-tu ? demanda Hadès qui ne reconnaissait pas l'endroit.

— Au pied de l'Olympe, je vais enfin commencer son ascension.

— Et cette arme ? Arrives-tu à la maîtriser ?

— C'est une merveille absolue. J'ai déjà terrassé de nombreux adversaires, je me suis même accordé la création d'une armée de spectres qui me sera très utile. Les dieux seront débordés et je les anéantirai les uns après les autres.

— Bien, très bien ma fille, répondit Hadès, ravi de son récit. N'oublie pas, invoque-moi lorsque la bataille sera engagée, je viendrai t'aider.

— Ce sera fait.

— Maintenant, pars accomplir ton destin, ma fille.

La forme humanoïde enflammée s'évanouit en un éclair et le brasier reprit son aspect originel par la même occasion. Hespéria n'avait même pas eu le temps de saluer son père avant qu'il prenne congé. Néanmoins, elle avait eu la réponse qu'elle espérait. Se fier à Héra était bien une mauvaise idée, mais jouer une légère comédie afin d'obtenir ce qu'elle souhaite allait être un mal nécessaire. Elle retourna donc auprès de cette dernière qui n'avait toujours pas fini de s'occuper de sa tignasse.

— Pardonnez l'attente, je suis vraiment navrée, déplora Hespéria. Sachez que mon père est absolument ravi de notre entente.

— Je n'en doutais pas une seule seconde, répondit la déesse du mariage en remettant sa brosse à l'abri dans sa toge. Je peux donc te confier ceci.

Héra posa ses mains sur le diadème qu'elle portait fièrement et le retira avec une très grande élégance. La couronne de la reine était magnifique et arborait de nombreuses pierres précieuses.

— Je te le confie, annonça-t-elle. Une fois que tu seras en haut de l'Olympe, il te permettra d'ouvrir ce qui ne peut être vu. Tu comprendras, j'en suis sure.

— Je l'espère, répondit Hespéria, cela me parait un peu flou...

— Tu dois faire preuve d'intelligence et de malice afin de te rendre dans le domaine que nous chérissons, sinon n'importe quel mortel pourrait nous rendre visite. Mon diadème t'ouvrira un passage qui te mènera dans mon temple. Avec un peu de chance, je t'y attendrai.

Hespéria se saisit de la couronne qui brillait de mille feux et fut surprise par le poids du précieux objet.
— C'est vraiment lourd !
— Prends-en soin. Gravis la montagne et retrouve-moi très bientôt.
— Bien sûr. J'ai hâte de vous voir en action, ajouta malicieusement la jeune déesse.

Héra prit congé de la demoiselle en lui adressant un petit geste de la main accompagné d'un petit sourire. Hespéria fit de même avant de voir son interlocutrice disparaître rapidement. La guerrière se retrouvait avec un artefact d'une très grande importance.
— Quelle idiote, me confier un tel objet… Elle subira le même sort que les autres.

La jeune déesse accrocha le diadème à sa ceinture et prit la direction de la montagne. Avec surprise, elle réussit enfin à poser le pied sur cette dernière et à commencer son ascension, grâce à l'objet confié par Héra. Celui-ci lui avait très certainement permis d'accéder à l'Olympe. Le visage d'Hespéria était marqué par une détermination sans faille.

Dans les vallées de Thrace, l'entraînement d'un dieu se profilait, et pas n'importe lequel. Il s'agissait d'Arès, le dieu de la guerre. C'était un véritable colosse doté d'une musculature impressionnante. Ce dernier profitait d'un temps idéal pour travailler sa technique et augmenter sa force au combat. Avec un simple glaive, il pouvait terrasser un arbre en un seul coup. Arès fut interrompu ce jour-là par une chouette qui se posa sur une branche au-dessus de lui. Il esquissa un sourire avant de s'adresser à la nouvelle venue.

— Pour une surprise, c'est une bien belle surprise. Que me vaut le plaisir de ta visite, Athéna ?

Le rapace se laissa tomber au sol avant de se métamorphoser durant sa chute. À la réception, la déesse de la sagesse apparut dans toute sa splendeur, revêtue d'une sublime armure pourtant dépourvue de ses armes, ce qui était plus qu'inhabituel.

— Tu viens à moi sans ta lance ? déplora Arès. Et moi qui pensais que tu étais ici pour un nouveau duel.

— Ne te méprends pas, je ne suis pas ici pour croiser le fer avec toi, bien que nous sachions pertinemment le résultat, répliqua-t-elle.

— Athéna, allons. Fais preuve de sagesse et saisis-toi de ta lance.

— Nous avons un problème, déclara la déesse.

— Il est si important pour que tu aies besoin de venir m'en parler en personne... Je suis presque inquiet.

Le colosse posa son glaive contre le tronc d'un arbre et en profita pour s'assoir par terre afin de reprendre son souffle.

— Je t'écoute, que se passe-t-il ? demanda-t-il.

— Hadès a eu une fille, et elle menace directement l'Olympe.

CHAPITRE 11
L'ASCENSION

Gravir le mont Olympe était un vrai acte de défi pour Hespéria, même pour une déesse aussi puissante soit-elle. L'ambition de renverser les dieux animait chaque fibre de son être, et chaque pas la rapprochait de son destin. Le sommet, souvent enveloppé de nuages impénétrables, était la demeure sacrée des divinités, un lieu interdit aux mortels.

Dès les premières pentes, la montagne semblait ressentir sa détermination. Les forêts denses et les chemins ombragés, bien que paisibles en apparence, vibraient de la puissance de sa présence. Les arbres se courbaient légèrement, comme s'ils saluaient son passage, conscients de la tempête qui s'annonçait. Les créatures de la forêt, silencieuses, la suivaient du regard, intriguées par cette force qui perturbait leur havre de paix. Chaque pas sur le sol irrégulier faisait écho à son ambition. Les racines tortueuses des arbres tentaient de ralentir sa progression, mais elle avançait avec une ténacité implacable. L'air, encore frais et vivifiant, se chargeait peu à peu de l'odeur des pins et de la terre humide, un rappel constant de la nature sauvage qui l'entourait.

Le chemin se faisait de plus en plus escarper, et les rochers devenaient des obstacles imposants. Ses muscles, pourtant inépuisables, ressentaient la tension de l'effort, mais Hespéria ne ralentissait pas. Chaque respiration, profonde et mesurée, témoignait de sa résolution. Les nuages, ces gardiens silencieux, commençaient à s'amasser autour des sommets, comme pour dissimuler l'objectif de son ascension.

Alors qu'elle arrivait à un versant plus abrupt, une clairière apparut devant elle, baignée de la lumière dorée du soleil couchant. C'est là, au milieu de cette étendue paisible, qu'elle la vit. Une biche, gracieuse et majestueuse, se tenait immobile, comme sculptée dans la lumière dorée. Ses yeux, grands et sombres, reflétaient une sagesse ancienne, une tranquillité profonde contrastant avec l'ambition brûlante de la jeune déesse. La rencontre était inattendue, presque mystique. La biche, symbole de la nature et de la vie sauvage, semblait être une gardienne silencieuse des secrets de la montagne. Leurs regards se croisèrent, et pendant un instant, le temps parut suspendu. La jeune femme, malgré sa détermination et sa puissance, sentit une pointe de respect envers cette créature à la fois délicate et forte, comme si la montagne elle-même lui envoyait un message.

Elle comprit que chaque pas vers le sommet serait jalonné d'épreuves et de révélations. Le cervidé, dans sa simplicité et sa beauté, incarnait la paix que la divinité aspirait à protéger, même en cherchant à renverser l'ordre établi. Ce moment de calme, de connexion avec la nature, renforça sa persévérance.

Pourtant, Hespéria n'était pas une déesse qui jouissait d'une réputation des plus vertueuses. Malgré la pureté et la beauté de cette rencontre, le naturel de la jeune femme revint rapidement au galop. Elle voulait abattre cette biche afin de se distraire. Elle laissa monter sa folie meurtrière et se rua sur l'animal qui ne savait pas du tout comment réagir. Le fait de vivre sur le versant de cette montagne sacrée protégeait la biche de tout chasseur mortel. Hespéria était à quelques mètres d'elle et décida de jeter son Xiphos pour l'exécuter de sang-froid.

Ce fut alors qu'une flèche percuta violemment le glaive, qui s'écrasa contre le tronc d'un arbre situé derrière le cervidé qui n'avait pas bougé. La déesse se saisit immédiatement de son arme légendaire et se préparait à affronter un nouvel adversaire.

— Comment oses-tu lever la main sur mon animal ? demanda une voix féminine émanant de la forêt. N'as-tu donc aucune honte de t'en prendre à la pureté et l'innocence de la nature ?

— Qui est là ? appela Hespéria. Montre-toi !

Une femme apparut avec une très grande élégance. Il s'agissait sans nul doute de la déesse Artémis, la célèbre protectrice de la nature qui venait de sauver la vie d'une des biches qu'elle gardait précieusement.

Son apparence physique était marquée par des traits à la fois délicats et robustes. Elle avait des cheveux longs et ondulés de couleur châtain clair avec quelques mèches dorées, rappelant les rayons du soleil se reflétant sur les feuilles des arbres. Elle les avait attachées afin d'avoir une parfaite visibilité lors de ses activités de chasse. Ses yeux, d'un vert profond, semblaient capturer l'essence des forêts et des lacs, ils brillaient d'une intelligence vive et d'une détermination inébranlable. Son regard était à la fois apaisant et perçant, capable de transmettre une sérénité profonde ou une autorité imposante selon la situation.

La déesse de la nature était habillée d'une tunique courte, pratique pour se mouvoir en toute liberté dans les bois et les montagnes. Ce vêtement de couleur vert pâle était fait d'un tissu léger et souple, rehaussé de broderies fines représentant des motifs naturels comme des feuilles et des fleurs ou des animaux. De plus, elle revêtait une cape de la même couleur, ajoutant un style qui lui était bien propre. À sa ceinture pendait un carquois rempli de flèches. Elle portait un arc élégant en bois, magnifiquement sculpté et orné de motifs complexes. Cet arc était non seulement un symbole de son pouvoir en tant que chasseresse, mais aussi de sa capacité à protéger et à venger. Ses pieds, chaussés de sandales robustes en cuir, étaient adaptés pour parcourir les terrains les plus accidentés.

La rencontre entre les deux femmes était assez glaciale et n'était pas partie sur de bonnes bases. L'intruse décida de se montrer arrogante, une fois de plus, devant la gardienne de la forêt.

— Je n'ai aucune honte, cette bestiole sera mon dîner, que tu le veuilles ou non, décréta Hespéria sur un ton condescendant.

Artémis était absolument furieuse et médusée par cette réaction et renouvela sans ménagement son avertissement.
— Je ne sais pas qui tu es, étrangère, mais je ne me répéterai pas ! Laisse mon animal et passe ton chemin, ou bien ta route s'achèvera ici.

Une telle provocation était une aubaine pour la fille des Enfers qui n'en espérait pas tant pour laisser aller à ses pulsions dévastatrices. Elle se rapprocha lentement du cervidé qui la regardait sans bouger. Arrivant à portée de l'animal, Hespéria se rua derechef sur ce dernier tout en abattant son arme de toutes ses forces. Une flèche d'Artémis vint de nouveau percuter la lame que brandissait la jeune déesse, qui perdit l'équilibre et tomba à terre de façon étonnante. Humiliée par une telle chute, Hespéria se releva tout en fixant sa rivale, son tir avait été d'une précision incroyable et violente. La biche, toujours à la même place, se dirigea lentement vers sa gardienne. À son contact, la déesse de la chasse se permit de lui caresser la tête, lui témoignant son affection.
— Comment as-tu osé me viser par un de tes tirs, pétasse encapuchonnée ?!
— Surveille ton langage, rétorqua Artémis avec dégoût. Maintenant, je t'ordonne de me dire qui tu es et ce que tu es venue faire ici. Les versants de l'Olympe sont inaccessibles aux mortels, j'en conclus que tu as une

ascendance divine et je dois bien avouer que cela m'intrigue.

— Je vois que tu as de la jugeote, commenta l'effrontée en rengainant son arme. Mes ambitions ne te regardent pas ni même mes origines.

Cette réponse n'était pas acceptable pour la gardienne qui se saisit de nouveau de son arc et cibla l'intruse avec détermination.

— Ce petit jeu va vite m'ennuyer, soupira-t-elle, réponds à mes questions ou bien tu vas le regretter.

— J'ai très peur, que vas-tu me faire ? Me tirer l'oreille ? railla Hespéria.

Artémis était plus qu'offensée par un tel manque de respect. Cependant, elle ressentait une certaine crainte à continuer les provocations avec sa mystérieuse interlocutrice. Son ascension vers le sommet de l'Olympe démontrait qu'elle n'était pas une simple mortelle, la prudence devait s'imposer. La déesse décida d'abaisser son arme et de la remettre à sa place avec une grande élégance.

— Tu as raison de ne plus être vindicative, tu l'aurais payé très cher, menaça Hespéria, à la fois satisfaite et assez déçue par le comportement de celle qui lui barrait la route.

Le cervidé en profita pour s'enfuir, ce que remarquèrent les deux femmes.

— Je vois que tu m'as fait perdre mon déjeuner, maugréa Hespéria.

— Un petit peu plus loin sur ce sentier, tu trouveras quelques baies qui satisferont ton palais, rétorqua la gardienne. Mais tu n'as toujours pas répondu à ma question.

— Tu n'as rien à savoir, éluda la jeune guerrière. Seulement, je vais te mettre en garde. Écarte-toi immédiatement et je te laisserai la vie sauve. Ainsi tu pourras retourner barboter avec tes Nymphes.

— Nous sommes donc devant une impasse, souffla Artémis. Je veux savoir qui tu es, et toi, tu veux juste passer. Afin d'effacer le malentendu que nous venons de rencontrer, je peux te proposer de passer un instant en ma compagnie.

Contre toute attente, la déesse de la chasse tenta d'apaiser les tensions en proposant ce qu'elle accordait plus que rarement, sa compagnie. Hespéria de son côté n'avait aucune envie de perdre son temps en palabres inutiles et futiles. Néanmoins, une idée sinistre lui traversa l'esprit, ce qui se remarqua par son léger sourire.

— Il est vrai que nous ne sommes pas parties du bon pied, reconnut Hespéria. J'accepte de te suivre.

— Voilà qui me ravit. J'ai très peu de visite et je dois dire que cela me convient. Mais je ne sais pas pourquoi, ta présence m'oblige à t'accorder mon hospitalité. Suis-moi.

Artémis prit la direction d'un autre petit chemin qui allait vers l'est, le long du flanc de la montagne. Hespéria la talonna de quelques pas afin de l'analyser le plus possible, en vue de ce qu'elle avait en tête.

Au bout d'une dizaine de minutes de marche, elles arrivèrent dans un lieu des plus exceptionnels.

Une modeste clairière fit face aux deux déesses. Cette dernière était recouverte d'une verdure somptueuse parsemée de nombreuses fleurs poussant uniquement sur cette montagne. Elles étaient de toutes les couleurs et semblaient danser grâce au vent qui se glissait autour de chacune d'entre elles. Un petit peu plus loin se trouvait une petite marre aux eaux turquoise. On y distinguait sans problème le fond avec ses habitants aquatiques qui vaquaient à leurs occupations. Quelques rochers logeaient sur la berge, permettant aux deux femmes de se reposer quelques instants.

— Je t'en prie, assieds-toi, l'invita Artémis.

— Quelle prodigalité, rétorqua avec nonchalance Hespéria qui ne semblait pas vraiment adoucie par la quiétude ambiante. Pourquoi m'avoir mené ici ?

— Tout est si calme, si reposant. Si tu prends le temps d'écouter la nature, tu l'entendras chanter, et même te parler.

La fille des Enfers était absolument consternée par les propos de son hôtesse, qui, à son instar, se prêtait à la rêverie et à la tranquillité environnante des bois. Toutefois, elle répondit à la gardienne.

— Je ne sais pas ce que tu fumes… mais j'en veux ! Sérieusement, la nature qui chante… Ne me dis pas que la loutre et le héron sont tes amis ?!

— Insolente ! grommela Artémis avec sévérité. Me manquer de respect dans un tel lieu, tu dois être une fille avec bien peu de matière grise. Soit, cela m'importe peu, j'aimerais juste savoir qui tu es.

— Décidément, tu ne lâches rien... Je ne souhaite pas te connaître ni même tisser de liens avec toi, cela ne m'intéresse pas. En revanche, si tu me jures fidélité et obéissance, je ferai de toi une survivante.

Artémis était plus que confuse face à cette menace déguisée. Il n'était pas dans ses habitudes d'entendre des propos aussi intimidant et surréaliste. S'imaginer priver de sa liberté était impensable. Elle décida donc d'être un peu plus prudente avec son invitée.

— Pourquoi ferais-je une chose pareille ?
— Si tu veux vivre, c'est une chance inespérée pour toi, lui rappela Hespéria.
— D'où viens-tu ?
— De Sparte. Ma tenue aurait dû te mettre sur la voie.
— Je dois bien avouer que je ne connais pas forcément toutes les tenues des peuples, déplora Artémis. Et pourquoi souhaites-tu atteindre le sommet de l'Olympe ?
— Je vais te le dire ; car tu vas m'aider quoi qu'il en soit. Je compte renverser les dieux, leur faire payer leur mépris envers les humains. Je veux me délecter de leur agonie et de leur supplice. Ce sera un spectacle d'une beauté si merveilleuse... se délecta Hespéria.
— Tu n'arriveras jamais à tes fins, il te faudrait être au minimum l'égal de Zeus...
— JE SUIS MILLE FOIS SUPÉRIEURE A ZEUS ! hurla la fille d'Hadès en se prenant la tête entre les mains, signes de sa folie. Artémis recula d'un pas face au

comportement agressif de son interlocutrice et l'interrogea sur ses ambitions.

— Pourquoi as-tu une haine envers les dieux ? Nous sommes généreux et bienveillants.

— Mensonge ! Vous n'êtes que des lâches qui se détournent des problèmes des hommes ! Vous avez du sang sur les mains ! Toutes les guerres auraient pu être évitées si vous aviez entrepris de vous en mêler. Au lieu de ça, vous profitez de votre confort au-dessus de tous, de vos petites intrigues amoureuses insipides, de vos querelles qui n'intéressent personne. Vous êtes abjectes, et je compte bien mettre un terme à tout cela !

— Ton ambition semble être la même que ton père, fille d'Hadès !

Hespéria fut littéralement bluffée d'avoir été démasquée sur ses origines divines. Toutefois, une sorte de malaise l'envahit. Si faire part de ses ambitions la trahissait auprès des autres dieux, l'influence de son père serait sans doute bien trop élevée. Peut-être qu'elle n'était qu'un simple instrument sans but véritable, obligé de faire le nécessaire pour les objectifs démesurés de son paternel, et ce au détriment de sa propre vie. Ces pensées commencèrent à faire leurs chemins dans son esprit.

— Je vois que tu es très dégourdie pour une nomade encapuchonnée, répliqua Hespéria avec un immense mépris. Ce petit jeu a assez duré, maintenant tu vas m'obéir.

Après quoi, la jeune déesse se releva et se saisit de son arme légendaire qui se recouvrit d'emblée d'une épaisse fumée sombre. Artémis fut alors prise au dépourvu et ne parvint pas à se saisir convenablement de son arc pour se défendre. Elle réussit tout au mieux à le placer devant elle, tandis qu'Hespéria était en train de plonger sa lame en direction de son abdomen. Le réflexe de la déesse de la chasse lui permit de survivre à cette attaque-surprise. Malheureusement, son arc fut projeté à quelques mètres derrière elle.

— AAAAAAAAAAHHHH !

Artémis poussa un cri immense afin de montrer sa détermination, prête à en découdre, et se saisit de sa dague dissimulée sous sa tunique.

— Tu comptes faire quoi avec ton cure-dent ?

— Ne me sous-estime pas, maudite fille des ténèbres !

La déesse de la chasse se rua sur son adversaire et fit un bond remarquable. Hespéria tenta de l'abattre avec son épée mais elle fut trop lente devant la vitesse de celle qu'elle avait provoquée. Elle sentit une immense douleur sur son bras droit. Artémis fit une roulade lors de sa réception et se retourna face à la fille d'Hadès. La lame de sa dague était recouverte de sang, preuve de la réussite de son assaut.

La fumée qui se trouvait sur l'arme mythique se répandit alors sur le bras d'Hespéria. Sous les yeux médusés de la déesse de la nature, la blessure se referma lentement, ne laissant plus aucune trace du coup qui venait d'être porté.

— Je n'arrive pas à y croire. Tu es donc invincible ! s'écria Artémis.
— Eh oui ! s'exclama la jeune femme. Tu n'avais aucune chance, mais tu es trop conne pour t'en rendre compte.
— Je ne mourrais pas ici, je peux te le garantir.

N'écoutant point son adversaire, la guerrière se rua à son tour sur son ennemie. Ce fut alors qu'un immense rayon de lumière l'aveugla, l'obligeant à lâcher son épée et à protéger ses yeux avec ses mains. Derrière cette apparition soudaine, se cachait bien le dieu Apollon, qui venait de faire son entrée afin de protéger sa sœur jumelle. Son armure étincelante lui permettait aisément d'user de ses pouvoirs en lien avec la lumière.
— Tu n'es pas blessée, ma sœur ?
— Non, grâce à toi, remercia l'archère.
— Prends ma main, je t'emmène dans un lieu sûr.

Artémis prit la main droite de son frère avec un large sourire. Elle regarda une dernière fois Hespéria qui avait du mal à les apercevoir. En une fraction de seconde, les jumeaux disparurent.
— Bande de MINABLES !!!! hurla Hespéria qui venait de perdre une belle opportunité. Lâches et faibles, c'est ce que vous êtes, les Olympiens !!!

Elle continua d'invectiver les dieux, seule et à genoux dans un lieu marqué par leur escarmouche. Elle pleurait de rage de s'être fait humilier de la sorte. Durant de longues minutes, elle tentait de se calmer le mieux possible, se focalisant sur ses ambitions et ses triomphes à venir. Hespéria reprit petit à petit ses esprits, puis une fois sur pied, elle se remit en route en direction du sommet, animée d'une haine et d'une rancœur encore plus fortes.

CHAPITRE 12
LE SOMMET

Cela faisait quelques heures que la déesse héritière des Enfers gravissait le mont Olympe dans l'espoir d'arriver à ses fins. La montée était rude et exigeante, emplie de difficultés. Son courage et sa détermination furent mis à rude épreuve, elle dut notamment affronter bon nombre de monstres sur des terrains escarpés, qui ne lui donnaient clairement pas l'avantage. Heureusement pour elle, son armure puissante et protectrice l'avait sauvé à maintes reprises, comme purent en témoigner les nombreuses traces de griffes et de morsures présentes sur sa cuirasse. Après tous ces évènements, Hespéria était éreintée et avait du mal à tenir un rythme de marche convenable. Malgré tout, son ambition fut récompensée, car elle arriva enfin au sommet de l'Olympe. La pente raide laissait place à une petite plaine qui s'étalait à perte de vue. En revanche, sa déception fut absolue. Il n'y avait strictement rien à part une herbe douce qui s'étendait sous ses pieds. Dépitée, elle continua sa recherche, il devait forcément y avoir un accès pour se rendre au royaume des dieux. Inspectant chaque recoin de la prairie, elle ne trouva rien, le néant. Seul le vent frais qui glissait entre les brins d'herbe lui permettait d'avoir une

fraîcheur relative, mais appréciable après tous ses efforts. Résignée, Hespéria retourna sur le chemin qu'elle venait de gravir. Elle s'assit et prit sa tête entre ses mains avec découragement.
— Tu sembles perdue !

Cette voix venait d'un rocher qui la surplombait. La jeune femme se tourna afin de voir qui venait de lui adresser la parole. Ce fut avec une légère joie qu'elle reconnut Éris se prélassant au soleil.
— Tu m'as fait peur ! répliqua Hespéria avec soulagement.
— Je t'avais bien dit que je te retrouverais ici.
— Je dois bien avouer que je n'y pensais plus. Tu m'attends depuis longtemps ?
— Non pas tant que ça. J'avais un fruit bien utile à te donner, j'espère que tu n'as pas oublié ce détail.

Hespéria était assez confuse et tenta maladroitement de cacher cet oubli.
— Disons que je me suis focalisée sur mes ambitions, se justifia-t-elle en mettant sa ma main droite derrière sa tête.

Éris sauta du rocher et atterrit à quelques mètres de son interlocutrice. C'était une déesse vraiment difficile à cerner. Venir en aide aux autres n'était pas dans sa nature au vu de ses attributs divins. Elle sortit alors de sa toge une magnifique pomme sur laquelle étaient gravées quelques inscriptions et reprit.
— Je suppose que tu sais pourquoi il y a eu la guerre de Troie.

— La discorde, oui j'en ai entendu parler.
— Tu vas pouvoir refaire la même chose, lui indiqua sa demi-sœur. Mais cela ne durera pas plusieurs années avant de voir les conséquences directes, leur conflit sera immédiat et tous se battront sans aucune raison.
— Parfait ! s'exclama la spartiate, enchantée par cette nouvelle. Cela me permettra de les disperser pour que je les élimine les uns après les autres…

Éris tendit la pomme à Hespéria qui s'en saisit avec une grande délicatesse. Le fruit dégageait une certaine énergie et irradiait progressivement sur son bras, lui procurant une sensation des plus agréables et enivrantes.
— C'est normal que je ressente une grande puissance provenant de la pomme ?
— Oui, mon pouvoir y réside. Surtout, ne lis jamais l'inscription ou bien tu seras sous son emprise ! la prévint la déesse de la discorde.
— Rien ne peut m'influencer, pas même ce que je tiens dans ma main, dit Hespéria sur un ton de défi.
— Tu te surestimes, fille d'Hadès, rétorqua Éris avec un léger agacement.
— Crois-moi, je suis bien au-dessus.

La demi-sœur d'Hespéria ne rajouta rien, elle semblait assez frustrée par les réflexions de sa complice. Néanmoins, ses propres ambitions la contraignaient à s'allier avec la fille d'Hadès. Elle décida de mettre son égo de côté afin d'éviter tout soupçon.

— Tu as surement raison, après tout nous partageons le sang de notre mère.

Hespéria répondit avec un sourire. Elle prit la main de sa demi-sœur afin de se relever et en profita pour dissimuler le fruit sous sa tenue.
— Maintenant que j'ai l'instrument de ma victoire, sais-tu comment on accède au royaume des dieux ?
— Je vois un diadème très intéressant à ta ceinture, remarqua Éris, ne me dis pas que... ?!
— Oui chère sœur, c'est bien celui d'Héra. Oh, mais je suis débile ! s'invectiva Hespéria en se frappant le front. Il me sert à la contacter, elle m'a dit d'attendre une nuit de pleine lune !
— Quelle coïncidence, il y en a une ce soir ! l'informa Éris.
— Les astres s'alignent pour ma victoire, parfait ! Nous allons patienter jusqu'à la nuit dans ce cas.

D'un léger signe de tête, la déesse de la discorde lui donna son accord. Elles restèrent de longues heures à bavarder de leurs expériences, sans pour autant prévoir d'action commune à l'avenir.

La lune domina enfin le sommet du mont Olympe, baignant la plaine de ses rayons d'argent. Les deux déesses étaient assises sur l'herbe et profitaient d'un spectacle nocturne enchanteur et relaxant. La déesse guerrière commenta d'un air rêveur et plein d'ambition :
— C'est le calme avant ma fureur...

— Hespéria, tu ne t'es jamais dit que ce n'était pas une solution à la vie que tu as déjà menée ? l'interrogea sa demi-sœur, perplexe.

— Comment ça ?! s'offusqua Hespéria. Tu trouves que ce que j'ai traversé ne mérite pas un minimum de réparation ?

— Ce n'est pas ce que je voulais dire, mais peut-être que tu aurais pu faire partie des dieux de l'Olympe et vivre en harmonie avec eux.

— Plutôt prendre la place de Prométhée sur le mont Caucase que de vivre parmi ces pantins infâmes et grotesques. De quoi j'aurai l'air ? Je trahirais mon sang et ma fierté si je faisais ça !

Éris fit preuve de prudence et décida de faire silence. Hespéria semblait complètement hors d'elle à la suite de cette conversation, elle serra ses poings avec fureur en s'imaginant dans un combat acharné, à mains nues, le visage en sang. Ses ambitions reprirent vite le dessus dans son esprit. Elle décida d'utiliser le diadème en le retirant de l'attache de sa ceinture, puis elle le tourna dans tous les sens sans grande conviction.

— Tu ne sais pas t'en servir, je suppose ? demanda Éris avec une petite pointe de moquerie.

— Je dois bien avouer que non, mais je pense que si je le mets sur ma tête...

— Surtout pas ! rétorqua sèchement Éris en empoignant le bras droit d'Hespéria.

D'un geste brusque et maitrisé, elle se libéra de l'emprise fluette de sa demi-sœur.

— Ne me touche pas ! Héra m'a dit de l'invoquer avec cet objet, rien de plus.
— Alors, invoque-la !

Hespéria baissa la tête, respira profondément et leva les yeux au ciel. L'attitude d'Éris lui était insupportable. Elle tenta de se calmer afin d'éviter un dommage collatéral, puis leva le diadème qu'elle tenait fermement avec ses mains et tenta d'appeler Héra... mais à sa manière.
— Ramène-toi, la cocue de Zeus ! Je n'ai pas ton temps ! Tu m'entends la grande perche, vieille mégère ?!

Les propos tenus par Hespéria interloquèrent Éris. Choquée, elle mit sa main droite devant sa bouche pour masquer au mieux son désarroi et son embarras.

Ce fut à ce moment précis qu'une porte apparut petit à petit devant Hespéria, qui esquissa un léger sourire. Si Héra avait répondu à son appel en la méprisant de la pire des façons, c'était que la reine des dieux était plus que dévouée à sa nièce. Une lumière intense inonda rapidement la prairie, éblouissant les deux femmes qui scrutaient avec intention cette fabuleuse ouverture.

Une silhouette surgit lentement, révélant ainsi la reine des divinités. Héra faisait une arrivée exceptionnelle empreinte d'une grande élégance. Éris n'en menait pas large, avec une discrétion comparable à un troupeau d'éléphants, elle tenta de s'écarter discrètement. La déesse du mariage lui ordonna aussitôt.

— Toi, tu ne t'éloignes pas ! Nous avons des comptes à régler depuis bien trop longtemps.

— Ah, mais quelle surprise ! s'exclama maladroitement la déesse de la discorde. Vous ici, quelle merveilleuse nouvelle !

— Tu es débile ou quoi ? répliqua Hespéria qui ne comprenait absolument pas pourquoi elle avait un comportement aussi ridicule. J'ai fait en sorte de la faire venir ici et tu le savais pertinemment.

— Ah ouiiiii, il est vrai haha ! balbutia Éris, décontenancée.

— J'ai attendu bien trop longtemps, viens-là et accepte ta punition ! gronda Héra.

Éris s'arrêta et se retourna en direction des deux autres femmes qui la regardaient avec dédain. Elle lui demanda d'un air innocent.

— Ne me dites pas que vous êtes toujours attristée par le choix de ce jeune prince de Troie ?

— Cette pomme était pour la plus belle ! Et c'est cette petite dévergondée d'Aphrodite qui l'a eu ! Cela m'est insupportable ! hurla Héra. J'exige une vengeance ou des excuses !

— Si ce sont juste des excuses que vous voulez, je vous les donne volontiers, rétorqua Éris avec un grand soulagement.

— Finalement, je veux une petite vengeance ! décida la déesse du mariage.

À la suite de cette élocution, Héra s'exécuta et usa de ses pouvoirs. Elle propulsa sa rivale du sommet de la montagne, la condamnant à la plus horrible des chutes. La malheureuse Éris dévala la pente, sous des hurlements et des bruits fracassants durant des secondes interminables, qui furent suivis d'un long silence. La reine de l'Olympe tourna enfin son attention vers celle qui l'avait convoquée.

— Ainsi, tu es prête à accomplir ton destin. Ma très chère Hespéria, je serai l'instrument de tes ambitions. Imagine ce que nous pouvons accomplir en unissant nos forces. Je connais tous ceux qui trônent dans le royaume des dieux, ce sera un jeu d'enfant pour toi.

La reine fit son discours tout en laissant glisser sa main droite dans la longue chevelure de la fille des Enfers qui restait de marbre.

— Ce que je te propose, fille d'Hadès, ce sont la gloire, le triomphe et enfin ce que tu as toujours souhaité, le respect. Personne ne te proposera autant sans aucune contrepartie, pas même ton paternel.

Hespéria fit quelques pas afin de se libérer de la douce entrave de son interlocutrice, qui avait brillamment parlé. Durant quelques petites secondes, elle resta silencieuse, plongée dans une grande réflexion. Ses désirs les plus insensés étaient à sa portée, il ne lui restait qu'une dernière étape, le moment tant attendu, celui de l'affrontement. En revanche, partager la gloire n'était pas vraiment dans ses projets. La jeune femme décida de se jeter dans la bataille tout en préparant au mieux son ouverture.

— Il est temps de faire notre entrée, annonça Hespéria en mettant son casque avec une détermination incomparable.

Héra esquissa un sourire et se dirigea donc vers la porte qui allait leur permettre d'atteindre le temple de la reine des dieux. L'une après l'autre, elles franchirent la porte de lumière. Hespéria se retrouva au beau milieu d'un lieu des plus extraordinaires. Elle ne put contenir sa joie d'être arrivée aussi loin, aussi près de tout ce qu'elle avait pu espérer tout au long de sa vie mortelle. Néanmoins, sa véritable nature mêlée à sa persévérance revint rapidement au galop...

— Tu m'as bien aidé, décréta Hespéria, je dois bien avouer que je suis plus que surprise d'avoir pu arriver jusqu'ici.

— Je n'ai qu'une parole, fille d'Hadès.

— Mais sache que je ne souhaite qu'une seule chose...

— Battre les dieux, oui, je sais, marmonna Héra. Je te propose...

SHLAAACK !!!

Sans s'y attendre, l'épouse de Zeus ressentit une immense douleur au niveau de son torse. En baissant les yeux, elle vit une lame en train de la transpercer. Avec toute sa rage et sa lâcheté, Hespéria venait de plonger son arme légendaire dans le cœur de celle qui lui avait ouvert les portes divines de l'Olympe.

— Non seulement tu m'as aidé, mais maintenant, tu vas m'obéir et devenir un vulgaire pion dans mon armée des morts, déclara Hespéria d'une voix sombre et cruelle.

De l'épée sortit une épaisse fumée noire qui enveloppa lentement la déesse, agonisante sur le sol et poussant des cris atroces.
— AAAAAAHHH !
Les hurlements d'Héra étaient de plus en plus fort tandis que le nuage sombre entrait à l'intérieur de son corps par les blessures infligées. Ses yeux commencèrent à devenir noirs, tout comme ses mains. D'un coup, la fumée s'évapora instantanément et libéra ainsi la déesse du mariage, qui reprit ses esprits en quelques secondes sous les yeux circonspects de la fille des Enfers. Héra se releva tout en retirant l'épée de son corps d'un geste aussi adroit que terrifiant. L'arme se retrouva au sol, avec une gemme qui brillait d'une manière intense. Hespéria comprit ce qui venait de se passer et provoqua son extrême fureur.
— Cet enfoiré d'Héphaïstos s'est joué de moi !!! Cette maudite pierre a été placée pour protéger les dieux !!! JE VAIS LE TUER !!!
— Allons petite garce ! Tu as vraiment cru que tu allais faire de moi une marionnette pathétique ?!
Héra se rua alors sur celle qui l'avait trahi, avec toute la force qu'elle put. Elle lui asséna un puissant coup de poing que nul ne pourrait encaisser. Mais la reine des divinités fut aussitôt effrayée par le résultat de son attaque. La déesse des Enfers s'était entourée d'une large couche de fumée qui l'avait protégé de son attaque.

— C'est donc ça, la puissance de la reine des dieux ?! Minable ! s'esclaffa Hespéria avec un irrespect absolu.

Héra fit quelques pas en arrière afin de s'écarter de son adversaire, qui commençait à se soulever dans les airs, les bras écartés tel un ange de la mort prêt à donner le verdict impitoyable des ténèbres. Les volutes s'étendirent tout autour des deux femmes, et firent apparaître des spectres à l'aspect de cadavre sinistres aux yeux rouge flamboyant.

— Ne crains rien, je te réserve pour la fin, ricana Hespéria d'un ton machiavélique. Je veux tout de même que tu assistes à la mise à mort de l'Olympe ! Je n'aurais pas besoin de mon père finalement.

— Tu n'es rien sans ton paternel ! Sans lui, tu n'aurais pas eu la force d'arriver jusqu'ici, cracha Héra dans l'espoir de déstabiliser son adversaire qui devenait hors de contrôle.

— J'ai accompli bien plus qu'il ne pourra jamais et ceux en quelques jours ! se vanta la jeune déesse des Enfers. C'était d'une facilité affligeante. Mais, tu dis vrai ! Je devrais probablement le convier afin qu'il assiste à l'avènement de ma légende !

— Ce sera préférable, en effet.

L'épouse de Zeus continuait de reculer avec beaucoup de précautions. Pendant ce temps, les spectres commençaient à l'encercler et à devenir de plus en plus menaçants. Se préparant à un combat des plus difficiles et exigeants, Héra baissa sa garde devant son ennemie, qui saisit immédiatement l'opportunité de son inattention. D'une ruée aussi magistrale que magnifique, Hespéria réussit à mettre un puissant direct du droit à la reine, qui valsa contre les colonnes de son temple et les traversa dans un fracas épouvantable. Un épais nuage de poussière se souleva à l'endroit de l'impact, ajoutant ainsi un suspense glaçant quant au sort d'Héra. Lentement, la nuée laissa apparaître le corps d'Héra, le visage couvert de sang, immobile dans un silence inhabituel.

La déesse des Enfers arborait un sourire des plus satisfaits tout en s'approchant de sa rivale inanimée. Une fois près de la reine, elle retourna son corps sur le dos grâce à son pied droit, sans le moindre respect : sa victime respirait encore, mais de multiples blessures étaient aisément visibles. Hespéria se lança alors dans un monologue, les yeux rouges de colère et de haine.

— Alors, tu ne fais plus de grand discours, pauvre garce que tu es ! Tu es la reine des dieux, je t'ai tant prié pour obtenir de l'aide quand j'étais au plus mal. La douleur et la peur étaient mon quotidien. Mon esprit n'a eu de cesse de sombrer dans la noirceur et la folie, mon caractère est devenu abject pour celle qui avait tout fait pour me donner une chance. J'ai appelé les dieux pour qu'ils puissent intervenir, ne serait-ce pour une simple parole. J'avais de l'espoir, maintenant, je n'ai que de la colère, À CAUSE DE TOIIII !!!!

Tout en hurlant ces paroles, Hespéria se permit de s'accroupir afin d'asséner de violents coups de poing au corps inconscient d'Héra, ce qui était un acte grossier et inutile aux vues de la situation. Une fois ses nerfs enfin détendus, elle s'apprêtait à poursuivre sa destinée. La jeune femme se releva avec une détermination sans faille, puis se saisit de sa cape rouge afin de s'essuyer les mains qui étaient couvertes de sang. Son armée de spectres était toujours présente et attendait les futures instructions. Elle sortit enfin du temple d'Héra après quelques pas assurés et avec un sourire qui en disait long sur sa motivation et sa détermination à continuer son ascension meurtrière.

CHAPITRE 13
LE RETOUR D'HADÈS

Les merveilles de l'Olympe s'offraient devant les yeux ébahis d'Hespéria qui n'aurait jamais imaginé, dans ses rêves les plus fous, assister à un tel spectacle. Son armée commençait à joncher lentement les pavés qui menaient aux différents temples. Malgré ce déchaînement de puissance dont elle était capable, Hespéria voulut tout de même honorer le pacte qu'elle avait fait avec son géniteur.

En face d'elle se trouvait une vasque gardant précieusement une flamme puissante et majestueuse. Celle-ci était vive et de couleur jaune virant à l'orange à son extrémité. La jeune déesse en profita pour ranger son arme dans son dos avant de faire une invocation lui permettant de communiquer avec son père. Les mains tendues devant elle, paumes vers le haut, elle commença sa requête magique.

— Roi des Enfers, mon cher père, écoute mon appel. Ta fille, Hespéria, te demande audience, apparais-moi !

Le feu devint soudainement bien plus imposant et la jeune déesse dut mettre son avant-bras droit devant son visage afin de se protéger de la chaleur des flammes. Une fois de plus, le corps d'Hadès prit forme, accompagné de sa fameuse voix caverneuse.

— Ma fille, que puis-je pour toi ?
— C'est fait, père. Regardez autour de moi.
— Tu as réussi, répondit-il avec surprise. Je savais que tu serais ma fierté, mais face à tes prouesses, je dois bien avouer que tu surpasses toutes mes espérances.
— Vous m'honorez. J'ai déjà mis Héra hors d'état de nuire, annonça Hespéria. Il me manque tous les autres, mais pour l'instant, je n'en ai vu aucun.
— Parfait, je suis sûr que cette gourde a fait en sorte que tu arrives en ce lieu pour l'aider dans ses ambitions, devina Hadès.
— Oui en effet. Elle fut simple à duper.
— Bien, passons à la suite, je suis prêt. Tu peux m'introduire à ton tour dans leur royaume.

Hespéria était surprise par cette information. En outre, elle n'avait aucune idée de la marche à suivre.
— Père, comment ?
— Fais-moi une offrande de sang et je pourrai te rejoindre.
— Parfait, je vais vous offrir ma main !
— NON, tu n'es pas obli...
SHLAACK !!

Avec son Xiphos, la jeune femme se trancha la main gauche au niveau du poignet devant son père qui n'en revenait pas d'une telle absurdité. Elle ramassa rapidement son extrémité et la jeta au feu. Ce dernier changea de couleur pour devenir rouge sang jusqu'à s'éteindre en une fraction de seconde, révélant ainsi le dieu des Enfers en personne. Il saisit aussitôt le membre amputé de sa fille tout en sautant de la vasque qui venait de le recevoir.

— Mais quelle folie ! Pourquoi as-tu fait ça ?! s'offusqua le roi des Enfers. Quelques gouttes de sang auraient suffi !

— Je souhaitais vous donner un coup de main, autant le faire avec classe ! rétorqua sa fille avec un sourire sincère.

Ce fut avec une grande stupeur que le dieu remarqua une fumée imposante envelopper le bras qui venait d'être amputé de son extrémité. Lorsque la volute se retira, une nouvelle main apparut.

— Mais qu'est-ce que ça veut dire ? ajouta Hadès qui n'en croyait pas ses yeux.

— J'ai découvert que mes pouvoirs me permettent de guérir très rapidement, quelle que soit la blessure, l'informa Hespéria. Qui plus est, je ne ressens que très peu la douleur.

— Si seulement j'avais imaginé que cela soit possible... J'aurais eu d'autres enfants avec Nyx.

Hespéria s'étonna de ce propos, qui était légèrement hors contexte et très intrigant pour la jeune femme qui voulut aussitôt en savoir plus sur les origines de sa naissance.

— Je ne suis pas le fruit d'une relation d'un soir, j'espère.

— C'est compliqué entre ta mère et moi. Mais nous parlerons de cela une prochaine fois, éluda le dieu des Enfers. Nous devons nous préparer à une opposition qui sera plus que redoutable. Mais j'y pense, comment as-tu réussir à entrer ? l'interrogea-t-il.

— Rien de plus simple, répondit Hespéria avec une légère satisfaction. Héra souhaitait conspirer, j'ai donc utilisé cela contre elle afin d'assouvir mes ambitions. Elle m'a juste ouvert les portes de son temple, cette gourde !

— Elle ne changera donc jamais, cette furie. Tu sais où elle est ?

— Inconsciente dans son palais, annonça la jeune déesse avec amusement, je lui ai mis une bonne raclée. Si elle s'en relève, le souvenir de cette soirée lui sera très douloureux.

Hadès était plus que satisfait des exploits de sa progéniture, il ressentit même une pointe de jalousie face à de telles performances. De plus, il ne se douta pas que sa fille lui réservait une autre surprise, qui allait considérablement les aider.

— Père, j'ai fait la rencontre de la déesse de la discorde, lui confessa-t-elle enfin. Elle m'a fait un présent qui va nous donner un avantage très appréciable, voire même décisif !

— J'ai hâte que tu m'en exposes davantage, lui dit-il en se frottant les mains d'impatience. Néanmoins, ce que je remarque, c'est le calme qui règne en ces lieux, où sont donc ces couards ?

— Mes petits pantins vont les chercher dans chaque recoin.

Hespéria se retourna vers ses soldats macabres qui attendaient avec impatience leurs nouveaux ordres. Il était facile d'entendre leurs râles terrifiants. Malgré cela, ils seraient très utiles pour débusquer les divinités qui se dissimulaient.

Dans le grand temple de l'Olympe, les dieux présents étaient en état d'alerte. Aucun d'entre eux n'avait remarqué ce qui se tramait dans leurs dos et ceux dans leur propre royaume. Athéna, équipée de son armure de combat ainsi que de ses célèbres et redoutables armes, semblait diriger du mieux qu'elle pouvait le débat houleux. Artémis avait raconté ce qui s'était passé avec Hespéria. Son jumeau, le grand Apollon, leur avait longuement expliqué comment il avait pu sauver sa sœur d'un grave dommage, et peut-être, d'une mort certaine. Arès quant à lui semblait distant, il s'imaginait déjà retourner à ses entrainements pour entretenir son physique imposant. Toutes ces histoires n'étaient pour lui qu'une perte de temps, seul le combat l'intéressait.

Mais hélas, tous les dieux n'étaient pas encore là. Non seulement leur roi était absent, mais ni Aphrodite et encore moins Déméter avaient honoré de leurs présences pour ce conseil organisé à la va-vite. En outre, seul Dionysos semblait imperméable à tout ce qui se disait, étant une fois de plus ivre et avachi dans ce qui lui servait de trône.

— Nous devons immédiatement nous tenir prêts, elle peut arriver aux portes de notre royaume d'un moment à l'autre, expliqua Artémis qui ne s'était pas encore remise de l'entrevue délicate qu'elle avait eue avec la fille d'Hadès.

— Je m'excuse par avance pour ce que je vais proposer, mais...

— Arès, non ! Nous n'irons pas frontalement nous opposer à elle si c'est ce que tu souhaites nous suggérer, décréta Apollon qui venait de se lever afin d'ajouter une certaine prestance à sa piètre remarque.

— Calme-toi, jeune homme brillant de lumière étincelante, rétorqua le dieu de la guerre en se moquant légèrement. Je ne pensais pas à l'affronter, mais il serait peut-être judicieux d'en avertir son père.

— HEINNNN ?

Les divinités furent absolument estomaquées par une telle idée, tout bonnement irréaliste et ridicule.

— As-tu perdu la raison ? s'exclama la déesse de la sagesse.

— Non Athéna, je n'ai pas perdu la raison comme tu le prétends. Je dis juste que, si nous parlions avec lui, peut-être pourra-t-il faire en sorte que sa fille nous laisse tranquille.

— D'après toi, qui l'a envoyé pour nous détruire ? ajouta Hermès qui, comme à son habitude, semblait être très observateur de la situation.

— Bon, dans ce cas il n'y a plus à en discuter ! On la trouve et on la tue !

Arès semblait plus que déterminé pour un affrontement qui risquerait de les mettre dans une posture délicate, même pour lui. Aucune parole ne se fit entendre durant de longues secondes pesantes, jusqu'à ce que Dionysos se leva devant un auditoire qui le fixait avec un grand étonnement.

— Ok, awor wou wuvons un coup et oir la oirien !

Le dieu de la fête et du vin était tellement enivré qu'il ne pouvait parler correctement, il retomba même sur le sol après avoir bafouillé, ce qui amusa Hermès. De son côté, Athéna reprit la parole afin de proposer une solution plus réfléchie.

— Il se peut que tu aies raison, Arès. Cependant, je reste convaincue qu'elle pourra s'introduire dans notre demeure céleste. Il faudrait s'assurer que personne ne la fasse entrer, ce qui serait une trahison des plus abjectes. Parlons sagement d'un plan qui pourrait nous permettre de la terrasser avec tout ce que l'on sait d'elle.

Après ce discours empli de clairvoyance, les dieux commencèrent à élaborer une stratégie qui pourrait s'avérer payante.

Hadès ne cessait d'observer les temples qui se dressaient tels des monuments éternels. Il remarqua que les lieux avaient bien changé depuis sa dernière visite. Sa fille, de son côté, vérifiait ses équipements afin de se préparer à la plus importante des batailles, celle qui allait lui permettre d'asservir ou bien d'anéantir les dieux qu'elle a toujours méprisés et défiés. Tout en l'observant, Hadès lui fit part de ses inquiétudes.

— Ma fille, je te sens presque, comment dire... absente.

— Pourquoi cela ? Je suis ici, auprès de toi, lui assura Hespéria dans le plus grand des calmes.
— Tu ne penses qu'à ta réussite personnelle, remarqua son père, c'est un défaut que tu as hérité de ta mère.
— Je n'en crois pas un mot, le grand Hadès n'aurait donc pas d'égal ?
— Soit. Mais sache que le temps sera toujours ton allié.
— En quoi cela me serait-il profitable ? Si je suis ici, c'est dans l'instant présent, donc il me faut agir immédiatement, décréta la jeune déesse avec détermination. Si j'attends, je risque de me faire surprendre par mes adversaires.
— Hespéria. Prends le temps de respirer, savoure la nouvelle vie qui t'a été accordée. Nul ne revient des Enfers comme tu l'as fait, lui conseilla vivement Hadès.

Elle baissa la tête, non pas parce qu'elle venait d'apprendre une leçon de son père, mais parce que son envie de s'opposer à lui commençait à lui trotter de plus en plus dans la tête. Ses obscurs soldats étaient toujours présents et continuaient de fouiller les environs, sans trouver la trace de quiconque.
— Je profiterais de ma nouvelle vie lorsque j'aurais accompli ma destinée, déclara Hespéria après mûre réflexion. Nul ne se mettra en travers de mon chemin. C'est une occasion unique, détruisons absolument tout.
— Nous ne détruirons rien, sur quoi je règnerai une fois qu'un tel acte de barbarie serait commis ? Sur un lit de

cendres et de gravats ? Sois plus réfléchie, ma fille. Contrôle tes émotions.

Les réflexions de son père étaient difficiles à accepter pour la jeune déesse qui ne tenait pas en place. Il lui fallait revoir ses priorités, ce qui ne lui plaisait en aucun cas.

— Je ne saccagerais pas volontairement, mais s'il y a des dégâts collatéraux lors de notre affrontement, je ne m'en plaindrais pas. Sachez-le, père.

Hadès baissa la tête, déçu par l'entêtement obscène de sa si précieuse fille. Il décida tout de même de la mener vers le temple où les dieux devaient très certainement se cacher.

— Donc nous sommes bien d'accord, susurra Apollon avec un immense soulagement.

— Ce ne sera pas facile de la prendre par surprise, mais cela peut fonctionner. Artémis, il nous faudra tes talents d'archère.

— Ne t'en fais pas, Arès, je suis digne de ma réputation de chasseuse, assura l'interpelée. En outre, je dois bien avouer que je souhaite laver mon honneur dans cette bataille, je l'achèverai de mes flèches.

Les autres dieux présents furent surpris par cette déclaration, surtout venant d'une déesse connue pour sa discrétion. Pourtant, sa rencontre avec Hespéria avait été plus traumatisante que prévu pour Artémis.

BOOOOMMMM !!!

Ce fut alors que les portes de la salle volèrent en éclats dans un fracas épouvantable et se brisèrent contre les colonnes du temple. L'armée de spectres d'Hespéria fit son apparition avec en arrière-plan, deux silhouettes massives qui se dirigeaient vers l'intérieur du bâtiment. Athéna ne perdit pas une seule seconde et s'adressa à sa chouette pour l'envoyer chercher de l'aide.
— Vite ma mignonne, va prévenir Zeus !
La chouette s'exécuta et s'envola, passant même au-dessus de la tête d'Hadès qui lui adressa uniquement un léger sourire. La situation devint dramatique pour les dieux de l'Olympe. En sous-nombre et absolument pas prêts pour une confrontation frontale, ils décidèrent de tous s'assoir sur leur trône, afin de montrer leur dignité et leur courage. Seul Dionysos restait allongé sur le sol, plongé dans un profond sommeil.

Hespéria les vit enfin, ces fameuses divinités qu'elle s'était juré d'abattre. Son entrée fut très impressionnante. Entourée d'une large fumée qui lui permettait de léviter au-dessus du sol, elle avança lentement devant des regards qui la dévisageaient de la tête au pied pour juger de ses forces. Elle finit par s'arrêter au beau milieu de la salle afin d'être au centre de leur attention.

De son côté, son père se trouvait à quelques mètres derrière elle et en profitait pour scruter chaque recoin de ce lieu emblématique, se laissant aller à de doux souvenirs qu'il avait passés avec ses deux frères, entre ces murs. Mais il se concentra de nouveau sur Athéna, qui se permit de prendre la parole, mettant un terme à ce silence trouble et pesant.

— Hadès, misérable traître !

— Athéna, la petite fille qui n'aime pas être remise à sa place, rétorqua le dieu des Enfers avec satisfaction. Tu sais, peu importe ce que tu vas dire ou faire, cela n'empêche pas tes problèmes d'égo.

— Je ne vois pas de quoi tu parles, nia la déesse de la sagesse.

— Arachné ou même Méduse auraient été toutes deux très heureuses de témoigner du destin tragique que tu leur as imposé, rappela mielleusement Hadès.

— Fermez-la tous les deux ! ordonna Hespéria qui n'en pouvait plus de cette querelle stérile. Je ne suis pas venue pour parler avec vous, les minables de bas étage.

— Comment oses-tu nous insulter, NOUS ?! s'égosilla le jumeau d'Artémis, outré.

— Ta gueule, Apollon ! Vu ta coupe de cheveux de gamin et ta belle armure très scintillante, je suppose que c'est bien ton prénom.

Hespéria avait deviné son identité sans la moindre difficulté. Ce qui la frappa rapidement, ce fut à quel point ils étaient tous très ressemblants aux statues dans les temples que les humains vénéraient. Elle en conclut avec aisance que les dieux devaient parfois se rendre à la surface pour s'approcher des mortels, ou bien pour vivre parmi eux pendant un moment plus ou moins long.

— Pourquoi es-tu venu ici ? demanda Arès de sa voix puissante.

— Alors toi, j'ai vraiment hâte de te botter le cul ! rétorqua la jeune déesse avec un sourire qui en disait long. Et tu sais pourquoi ?

— J'avoue que cela m'est inconnu, paysanne, répondit-il en haussant un sourcil.

— Quoi ? Moi, une paysanne ?! s'offusqua Hespéria. Bon, disons que je te laisse cette insulte. Tu m'as demandé pourquoi et je me permets de te répondre. Où es-tu quand les hommes se font la guerre ? À quel moment décides-tu de ne pas intervenir et de laisser des milliers d'innocents mourir pour des terres ou des villages pourris, rongés par la pauvreté et la maladie ? Jamais tu ne viens pour le bien des peuples, pourtant ces derniers te prient avant chaque bataille. Et toi, tu restes ici, je suppose, le cul vissé sur ton trône pathétique !

Arès fut touché par les mots de la jeune déesse qui se faisait un plaisir de vider son sac avec une éloquence qui lui était très personnelle. Le visage terni par la colère et la rancœur, elle reprit en s'adressant à chacun d'entre eux.

— Chacun de vous, quels que soit vos attributs, vos pouvoirs... Vous avez la possibilité de prendre soin des humains, de leur permettre de vivre dans de bonnes conditions. Au lieu de ça, vous les ignorez, les laissez crever comme des chiens ! C'est pour cela que je vous hais, et c'est à cause de votre manque de discernement et d'implication que je vais tous vous égorger dans d'atroces souffrances. Un par un !

Les divinités se regardèrent de concert dans un silence presque irréel face à cette situation. Hadès décida d'intervenir.

— Ma fille a sûrement raison, elle a vécu comme une humaine avant d'obtenir sa nouvelle vie. Sa haine me paraît justifiée, c'est pour cela que je l'ai mise sur cette voie.

— Et toi, mon oncle, lui répondit Athéna. C'est pour nous tuer que tu es ici ?

— Non ma chère nièce, c'est pour prendre la place de ton père, qui me revient de droit.

— Balivernes ! Ce sera toujours son trône, et je donnerai ma vie pour le protéger !

— Zeus n'est plus digne de diriger, il est dépassé, riposta le dieu des Enfers. Sans son éclair, il ne vaut rien. Alors, Athéna, fais preuve de sagesse pour une fois, et accepte de quitter les lieux. Je te laisse la vie sauve. Vous tous, partez, ou bien soumettez-vous à mon autorité et reconnaissez-moi comme le véritable roi des dieux ! clama-t-il.

— Dans tes rêves, rétorqua alors Hermès qui n'était pas du genre à se mettre en avant.

Arès renchérit à son tour.

— Il a raison, retourne dans ta grotte sombre, et ne remets plus jamais le nez à la surface.

— Arès, c'est à mon père que tu t'adresses, le réprimanda Hespéria avant d'ajouter : mais tu as raison sur un point.

— Que veux-tu dire, ma fille ? interrogea Hadès qui ne comprenait pas ce revirement de paroles.
— Tu n'aurais pas dû quitter ta grotte.

Sans prévenir, Hespéria se rua sur son père tout en se saisissant de son épée légendaire et tenta de le décapiter dans un coup parfaitement maîtrisé, mais grâce à ses bons réflexes, Hadès échappa à la lame in extremis. À son tour, sentant le vent tourner ainsi qu'une opportunité exceptionnelle, Athéna se propulsa de son siège pour percuter de plein fouet le dieu des Enfers avec son pied droit tendu vers l'avant. Ce dernier fut alors frappé avec une grande violence et propulsé contre le mur du temple qui se mit à vaciller à cause du choc puissant. Les autres divinités étaient absolument circonspectes par ce qui venait de se produire. Néanmoins, Apollon fit une intervention des plus étonnantes.

— Si vous devez vous battre, faites à l'extérieur du palais !
— Il a raison, reconnut Athéna. Il est inutile de détruire nos lieux sacrés pour de simples querelles.
— Une simple querelle ? répéta la jeune déesse, folle de rage. Tu crois, sale gourde, que je suis ici pour un combat futile ? Les dieux m'ont privé d'une vie glorieuse !
— Je ne suis pas sûr que nous soyons vraiment responsables de tout ce qui t'est arrivé de négatif dans ta vie humaine, se défendit Hermès avec bien peu de considération. Parfois, il faut savoir se relever les manches pour améliorer sa situation. S'apitoyer sur

les autres n'est pas une solution, bien au contraire, cela montre ta faiblesse.

Hespéria était très contrariée, mais elle décida d'accepter à sa façon la proposition de quitter les lieux pour la suite de leur combat.

— Vous vouliez être à l'extérieur, parfait ! Ne bougez surtout pas.

La déesse s'envola à quelques mètres du sol grâce à sa magie des ténèbres qui glaça le sang des autres divinités présentes. Son père se remettait difficilement du choc que lui avait infligé la déesse de la sagesse. Mais lorsqu'il vit sa fille entourée d'obscurité tout en lévitant au-dessus de la salle, il comprit qu'elle avait acquis des pouvoirs bien supérieurs à ce qu'il avait déjà vu durant sa longue existence. L'armée des morts se vaporisa et laissa place à une immense fumée qui se répandait sur les murs avec fluidité. Les yeux d'Hespéria devinrent rouges incandescents, elle resta immobile durant de longues secondes avant d'écarter brutalement les bras sous un hurlement puissant.

En une fraction de seconde, les murs, les colonnes ainsi que le sommet de temple volèrent en éclat, réduisant à néant le temple divin sous les yeux médusé de ses occupants. Il leur fallait pourtant intervenir et trouver une rapide solution à ce massacre. Pendant ce temps, Hespéria prit le temps de se poser sur le sol et calma lentement ses pouvoirs, qui lui redonnèrent une apparence normale. Elle se tourna alors vers Athéna avec un sourire en coin, satisfait et provocateur.

—Suis-je bête, ricana Hespéria, j'avais un présent à vous faire, très chers dieux.

CHAPITRE 14
LA GUERRE DES DIEUX

Hadès finit enfin par se relever en étant le plus discret possible. L'attention de tous se portait pourtant sur Hespéria qui recherchait quelque chose de particulier au niveau de sa ceinture. Dans un geste des plus élégants, elle sortit une magnifique pomme avec des reflets d'or et des inscriptions parfaitement visibles. Son stratagème allait se mettre en place avec une grande facilité. Malgré la faible présence des Olympiens, le désarroi de la jeune femme s'effaça pour laisser place à une assurance déconcertante.
— Athéna, je suppose que tu dois être un peu curieuse, lança-t-elle.
— Comme tout le monde, je suppose, rétorqua la déesse en se préparant à toute éventualité. Pourquoi cette question stupide ?
— Je suis certaine que vous êtes tous capables de contacter les dieux manquants ! Je veux qu'ils viennent immédiatement !
Les Olympiens furent légèrement étonnés par cette demande, n'ayant pas vraiment l'habitude d'être conviés de la sorte. Seul Apollon se targua d'un commentaire :
— Tu penses vraiment que les absents vont se sentir obligés de venir ? Uniquement pour l'honneur de ta

piètre présence ? Sache, fille d'Hadès, nous allons te faire regretter tes actes.

— Tout le monde est d'accord avec le blondinet ? demanda Hespéria avec une pointe de moquerie.

— Tu oses encore tourner en dérision mon frère, s'agaça Artémis qui saisit de son arc. Ton attitude me révulse !

— Je crois que vous n'avez toujours pas compris, bande de dégénérés. Je viens de pulvériser votre temple sans aucun effort. Je n'aurai aucun mal à me débarrasser de vous. Quant aux autres, je vais les traquer sans relâche, sans oublier les humains. Ils ont eu leur chance pour m'accepter, ils regretteront leurs actes, soyez-en surs !

— N'as-tu donc aucun cœur ? demanda la déesse de la chasse, toujours prête à laisser voler une de ses flèches. Tu nous accables de tous les maux, mais il n'en est rien, petite ingrate. Tout ceci n'est que pour satisfaire une vengeance idiote et ton égo mal placé. J'ai pitié de toi !

— Tu as QUOI ? rétorqua Hespéria qui se prépara enfin à faire usage de la botte secrète que lui a confiée Éris.

— Nous allons te combattre, et te vaincre, ajouta Arès, une énorme hache à la main.

La déesse des ténèbres se décida enfin à jeter la pomme au milieu des Olympiens qui le contemplèrent avec un certain intérêt. Rapidement, ils furent tous comme envoûtés par la présence de ce fruit si particulier. La pomme scintilla et les inscriptions gravées sur le fruit devinrent parfaitement

visibles. Hermès, usant de ses sandales ailées, fut le premier à s'en saisir. À haute voix, il prononça les mots qui y étaient inscrits.
— Pour le plus vénérable des dieux.

Immédiatement, un violent chahut se fit entendre parmi les concernés.
— Je suis la fille de Zeus, proclama Athéna, les humains me vénèrent bien plus qu'aucun d'entre vous ! Ce fruit est ma propriété !
— Ferme-la, Athéna ! tempêta le dieu messager. Le plus respectable est celui qui porte les nouvelles, il est donc à MOI !
— Silence, vous deux ! ordonna Hadès. Vous devez reprendre vos esprits et faire preuve de bon sens. Celui qui doit obtenir ce fruit n'est autre que moi !

Hespéria fut ravie de la tournure des évènements. Néanmoins, voir l'esprit de son père flancher aussi facilement devant une ruse aussi risible fut délicat à accepter. Elle le savait pertinemment et il lui serait difficile de l'admettre, mais son paternel n'était pas meilleur que les autres aux vues de cette scène grotesque.

Les divinités s'invectivèrent les unes les autres avant d'en venir aux mains, tels des enfants se battant pour une récompense. Au même moment, la jeune déesse sentit une présence dissimulée dans les ombres. Son armée, toujours présente et prête à obéir au moindre de ses souhaits, semblait également avoir remarqué l'arrivée d'un nouveau protagoniste. Hespéria se retourna et aperçut une grande ombre se mouvoir sur le sol avant de rétrécir le long de ce qui restait d'un des murs du temple. Puis un immense voile se mit à bouger et révéla une magnifique femme, qui parut ravie de la voir. La nouvelle venue s'avança en direction de la provocatrice tout en observant le ridicule spectacle des Olympiens. Elle s'arrêta à quelques mètres pour prendre la parole.

— Ainsi donc, tu as réussi à venir jusqu'ici, tu m'honores grandement.

— Mère, je suis ravie de vous voir, rétorqua Hespéria heureuse de retrouver sa génitrice.

— Chère enfant, j'ai observé de loin ce qui se tramait ici même. Je suis à la fois enchantée et, comment dire... légèrement dégoûtée.

Cette affirmation fut une réelle déception pour Hespéria qui pensait avoir le soutien de sa mère. Un léger frisson parcourut son dos, probablement dû à l'énergie qu'elle employait.

— Je suppose que tu l'as ressentie... Ce frisson... devina la déesse de la nuit.

— Oui. Comment savez-vous que...

— Je suis Nyx, je connais parfaitement cette magie puisqu'elle m'a créé, du moins en partie. Nous sommes reliés par cette énergie qui a de grandes capacités, tu dois en faire bon usage. Mais ce n'est pas ça qui me chagrine.

— Je ne comprends pas, s'interrogea Hespéria.

— C'est évident, voyons, déplora Nyx qui ne voulait pas se lancer dans un long monologue. Ta simple puissance a suffi à faire de ce lieu un champ de ruine, pour un temple du moins. Donc je ne comprends pas pourquoi tu as usé de ce fruit grossier pour étourdir ces pitoyables dieux.

— Éris me l'avait confié et je voulais tout simplement m'amuser, voir ce qui pourrait advenir.

— Décevant, accablant... marmonna Nyx tout en se dirigeant vers la pomme qui se trouvait entre les mains d'Hermès.

Durant leur conversation, les Olympiens ne cessaient de s'injurier avec virulence et vigueur. Chacun d'entre eux était absolument persuadé d'être au-dessus des autres du point de vue de la vénération qu'ils suscitaient, ce qui était une folie douce. Arès commença à brandir sa hache devant Hadès qui venait une nouvelle fois de l'offenser, prêt à en découdre. Seul Dionysos était exclu de ce pugilat, toujours à plat ventre, l'esprit complètement ailleurs.

Arrivée devant Hermès, Nyx lui saisit le bras gauche avec une très grande force, manquant presque de lui briser. Le dieu messager le dévisagea avec une crainte non dissimulée. La présence d'une déesse primordiale était un évènement, peut-être même un présage de mauvais augure.

— Toi, le petit voyageur, donne-moi ce que tu tiens, ordonna-t-elle.

Hermès ne voulut céder et tenta désespérément de résister à l'entrave que lui imposait Nyx.

— Dépêche-toi, je perds patience !

— Mère, laissez-lui cette pomme, intervint Hespéria. Ma victoire sera assurée !

— Tu me déçois fatalement, ma triste fille, regretta la reine de la nuit qui la fusilla du regard. Tu accepterais une victoire aussi pathétique, par le biais d'un modeste fruit qui n'est pas de toi ? Quelle déception ! J'ai presque honte de t'avoir mis au monde !

La jeune divinité fut paralysée. Les mots tranchants de sa mère lui firent l'effet d'une douche froide. Elle n'aurait jamais imaginé recevoir un tel jugement de sa part, ce qui finit par rapidement la contrarier.

Pendant ce temps, Nyx réussit à subtiliser en un éclair la pomme des mains du dieu aux sandales ailées. Elle envoya valser Hermès dans un geste bien plus brutal contre le dieu de la guerre dans un choc monstrueux. Le messager fut assommé par la violence de la collision, tandis qu'Arès était légèrement groggy. Le fruit se trouvait à présent entre les mains de la reine de la nuit, les Olympiens commencèrent alors à se calmer d'une façon presque inattendue. Sous les yeux plus que surpris de tous, Nyx dévora la pomme en quelques bouchées et les libéra ainsi de l'envoûtement.

Tous reprirent rapidement leurs esprits et portèrent derechef leur attention sur Hespéria qui était insatisfaite de la tournure de la situation. Sa mère se rapprocha de nouveau d'elle, arborant un sourire satisfait et presque moqueur.

— Quand tu auras compris la véritable valeur de tes pouvoirs, tu sauras où me retrouver. Fais ce que tu as à faire sans la moindre hésitation, ou bien tu en paieras le prix.

Hespéria, hors d'elle à la suite de cette énième provocation, se saisit de son Xiphos avant de le jeter au visage de sa mère. Au moment d'atteindre sa cible, Nyx s'entoura d'une épaisse fumée avant de disparaître en un éclair. Le glaive finit sa course sur le sol à quelques dizaines de mètres des protagonistes, la privant d'un atout précieux en combat.
— Sale LÂCHE ! hurla la jeune femme rouge de colère.

Les autres dieux se préparèrent de nouveau à s'opposer à elle. Hadès venait d'assister à une scène qui le choqua au plus haut point. Voir sa fille tenter d'abattre sa propre génitrice, sans le moindre remords ni hésitation, lui semblait complètement irréel. Néanmoins, la réalité des évènements qu'il avait provoqués par le biais de son propre enfant commençait à sérieusement lui échapper. Désirant reprendre le contrôle et s'affirmer en tant que dirigeant des divinités, il tenta d'apaiser la furie qui s'apprêtait à se déchaîner sans retenue dans cet écrin céleste.
— Ma fille, tu viens d'accomplir ce que je n'aurais fait, je te félicite, s'exclama le roi des Enfers. Mais il est temps de retrouver tes esprits.
— Je suis au sommet de ma puissance, je ne peux plus reculer, répliqua Hespéria. Je te croyais de mon côté.
— Je le suis bien évidemment, mais je ne veux pas d'un tel déchaînement de haine, cela ne rime à rien.

Les Olympiens s'étonnèrent de la prise de position de celui qui les avait toujours menacés et provoqués. Cette brève altercation leur permit de se remettre en place, bien que la pomme avait fait des ravages en les désorganisant quelque peu. Malgré les paroles de son paternel, Hespéria ne voulut rien savoir : elle avait soif de vengeance et de sang, ce qu'elle fit comprendre sans aucune ambiguïté.
— Père, je te laisse une dernière chance de reprendre le combat à mes côtés, ou bien tu seras le prochain.

Le dieu des Enfers était dans une position embarrassante et ne savait plus du tout quoi faire. Mais sa réflexion fut de courte durée. Sous les yeux absolument abasourdis des protagonistes, une immense vague se dressa près de la montagne, formant ainsi un mur d'eau d'une taille colossale. Au sommet de cette colonne aqueuse se trouvait un homme avec une longue barbe grisonnante. C'était le roi des mers en personne, Poséidon. Avec son trident tenu par sa main droite avec fermeté, il apparaissait comme un sauveur improbable. Ce dernier, dans un geste tout à fait maîtrisé, abaissa son sceptre afin de déchaîner les flots sur l'Olympe. Le mur d'eau commença à se déverser brutalement.

Soudain, Hespéria leva les bras en direction des vagues et concentra toutes ses forces afin de générer au plus vite une bulle de protection avec ses pouvoirs obscurs. La fumée qu'elle utilisait se réunit aussitôt, créant ainsi une barrière impénétrable recouvrant la totalité du royaume des dieux. Ce déchaînement de pouvoirs était absolument sans précédent. Les divinités avaient commencé à s'agripper à des rochers ou même à certaines colonnes des temples qui se dressaient toujours fièrement pour résister à la puissance de la vague colossale de Poséidon. Au lieu de ça, tous levèrent les yeux afin de voir les eaux glisser avec puissance sur le champ de force qu'avait créé la fille d'Hadès. Poséidon continua de projeter toutes les eaux de la mer Égée pour oblitérer celle qui menaçait l'existence des divinités. Or, le dieu des océans s'affaiblissait petit à petit jusqu'à stopper net sa tentative. Lentement, la mer s'écoula le long des flancs de la montagne pour retrouver leur calme habituel. Hermès en profita pour récupérer le nouveau venu afin de lui éviter une lourde chute sur les dalles marbrées.

 Lorsqu'ils se retournèrent pour voir où se trouvait leur rivale, ils eurent une immense frayeur. Le corps de la nouvelle déesse continuait à laisser s'échapper une épaisse fumée noire qui ne cessait d'augmenter sa puissance, la rendant tout simplement impossible à battre. Athéna et Arès échangèrent un regard de connivence et comprirent que leurs forces respectives ne pourraient en venir à bout. Ils se mirent d'accord d'un léger hochement de tête, ils l'affronteraient ensemble. Néanmoins, avant une bataille qui allait s'avérer décisive, Hespéria voulut une fois de plus se jouer de ceux qui commençaient à craindre pour leurs vies.

— Si j'étais vous, je me mettrais à genou face contre terre et je supplierai pour ma misérable vie. Je déborde de force, je ne sais pas combien de temps je pourrais contrôler mes pouvoirs. Mais ne vous inquiétez pas, vous allez tous être aux premières loges de mon triomphe ! Mais je me demande si ce ne serait pas plus amusant d'anéantir les humains en premier...

— Ma fille, tu vas bien trop loin, reprocha Hadès qui fit un pas vers elle avec bien peu d'assurance. Retrouve la raison ! Je n'aurais pas dû te mêler à mes histoires de revanche envers mon frère...

— Allons, papa, ne t'en fais pas, lui assura Hespéria. Ta mort me sera satisfaisante, sois-en sûr. Et ne t'inquiète surtout pas, je te ferai cet honneur en dernier ! annonça-t-elle d'une voix glaçante.

Le roi des Enfers resta muet, n'osant bouger ne serait-ce d'un seul centimètre. Quant aux autres divinités, tous se mirent en position afin de livrer une bataille qui semblait pourtant perdue d'avance. Poséidon se trouvait toujours auprès d'Hermès, mais également d'Apollon qui offrait ses services de guérisons. Son trident était toujours entre ses mains tremblantes, il était à bout de force à la suite de sa tentative ambitieuse et infructueuse.

Hespéria se posa enfin sur le sol et laissa ses pouvoirs prendre encore plus d'ampleur. Elle tendit le bras droit en avant en arborant un sourire terrifiant, empli d'un sadisme à glacer le sang. De la paume de sa main s'échappa une épaisse brume sombre qui se répandit sur le sol à une vitesse déconcertante. Une fois dispersée sur l'intégralité du royaume des dieux, de nombreux soldats obscurs émergèrent lentement jusqu'à être parfaitement matérialisés. Une fois de plus, la jeune femme fit appel à son armée des morts pour combattre.

— Mettez-vous derrière mon bouclier ! ordonna Athéna, pleine de courage.

Les divinités ne perdirent pas de temps et se placèrent derrière la déesse qui proposait une opposition farouche. Les soldats d'outre-tombe se réunirent et se préparèrent à un affrontement direct.

Ce fut alors qu'un immense éclair parcourut le ciel avec un tonnerre étourdissant. Ce dernier frappa le sol d'une puissance inouïe, touchant ainsi tous les revenants qui furent vaporisés en un clin d'œil. Hespéria, surprise, esquissa un sourire avant de se retourner, puis un nouvel éclair frappa le sol, cette fois avec moins de violence, et souleva un petit nuage de poussière qui s'évanouit rapidement et révéla l'arrivée du grand Zeus. Ce dernier fut stupéfait de voir sa fille adorée en grande difficulté. Il se permit immédiatement d'engager la conversation avec l'intruse.

— Ainsi donc, c'est toi qui sèmes une telle pagaille dans ma demeure !

— Je suis étonnée de te voir débarquer de nulle part, vieux débris, rétorqua Hespéria sans le moindre respect.

— Ma fille a réussi à me prévenir par le biais de sa chouette, raconta-t-il, j'étais en compagnie de celle que tu as marquée au visage… Comment as-tu pu ainsi balafrer Aphrodite ?

— Ah cette greluche, oui… Je lui ai offert une petite beauté en récompense de son audace, se moqua Hespéria. Mais ne t'inquiète pas, la prochaine fois, je lui retirerai sa tête.

— Comment oses-tu traiter ainsi une déesse ? Cela est absolument intolérable !

Zeus regarda tous les protagonistes qui se dressaient piteusement sur leurs jambes. Lorsqu'il aperçut ses deux frères, il eut un léger sourire : cela faisait très longtemps qu'ils ne s'étaient pas réunis. Cependant, l'heure n'était pas aux retrouvailles, mais plutôt à un affrontement des plus brutaux, et cela, le roi des dieux en avait parfaitement conscience.

— Je te le demande et je ne me répéterai pas. Quitte l'Olympe immédiatement et tu vivras, annonça Zeus. Résiste, et je t'abattrai avec ma foudre divine.

Après cette menace des plus vindicatives, Hespéria mit sa main droite devant sa bouche et se mit à rignocher avant d'exploser de rire devant un auditoire médusé d'une telle attitude. Athéna, hors d'elle face à ce comportement insultant vis-à-vis de son paternel, se saisit de sa lance. D'un geste maîtrisé et puissant, elle propulsa l'arme telle une athlète en pleine compétition olympique. Le projectile frappa de plein fouet sa cible qui ne vacilla point. La jeune déesse baissa la tête vers son torse et constata avec étonnement l'arme qui la traversait. Elle se retourna avec un sourire macabre vers celle qui avait fait ce lancer audacieux.

— Pauvre sotte, je n'ai rien senti… affirma-t-elle en retirant lentement la lance de son abdomen. Je suis désormais inéluctable et je vais tous vous achever avec une brutalité sans précédent. Les Moires seront ravies de couper vos fils de vie, c'est la fin. Mais faites-moi plaisir, résistez pour que ce moment soit plus savoureux…

— Tu crois vraiment pouvoir battre l'arme la plus puissante des dieux ? rétorqua Zeus qui brandissait avec force son éclair.

Discrètement, Arès se rapprocha d'Athéna afin de mettre en place un plan d'action leur permettant de prendre à défaut leur adversaire. Il lui chuchota avec détermination.

— Écoute, je pense que si on l'attaque de front, elle nous vaincra les uns après les autres.

— Je ne veux pas te décevoir, mais on n'arrivera à rien contre elle, soupira la déesse de la sagesse.

— Athéna, ressaisis-toi !

— Non, ouvre les yeux. Je lui ai envoyé ma lance en plein cœur, elle n'a bougé d'un centimètre ni même ressentie la moindre douleur. Elle est invulnérable et elle va nous massacrer.

— Hadès est avec nous, il a peut-être des renforts dans les Enfers, suggéra Arès.

— Sa fille maîtrise une armée des morts, tu veux lui donner plus de force encore ?

— Je ne parlais pas d'âmes humaines, avoua le dieu de la guerre. Je suis bien embarrassé de ce que je vais te dire, mais… dans le Tartare il y a Chronos et…

— As-tu perdu la tête ?! s'écria Athéna. Tu souhaites peut-être qu'on libère les titans et qu'on les invite à une soirée organisée par notre cher Dionysos ?

— Je veux juste…

— Cessez vos messes basses, intervint Apollon qui s'était subrepticement approché d'eux pour proposer ses services. Plutôt que de vous chamailler, il serait peut-être temps d'unir nos forces pendant que Zeus occupe son attention.

— Mon frère a raison, ajouta Artémis qui rejoignit à son tour la conversation. Nous pouvons user de nos arcs pour la dérouter, je pense qu'il n'est pas nécessaire de la tuer, il nous faut juste…

— L'assommer sera suffisant, le temps de l'emprisonner. La proposition du roi des Enfers surprit tout le monde, au vu de sa grande implication dans la confrontation entre Hespéria et les Olympiens. Arès l'interrogea, perplexe.

— Hadès… Comment pouvons-nous te faire confiance ?

— Je comprends ta réaction, Arès. Mais je peux faire en sorte qu'elle ne quitte plus jamais les Enfers.

— Qu'est-ce que tu nous proposes, tonton ? demanda Athéna avec un léger sarcasme.

Les Olympiens mirent alors en place une action qui serait difficile à réaliser. Pendant ce temps, Hespéria s'avançait lentement face à Zeus pour le provoquer, tout en le narguant. C'était la première fois que ce dernier faisait face à un ennemi qui le défiait de la sorte et avançait vers lui sans aucune crainte, ce qui était tout de même inimaginable. En réponse à cet affront, le dieu de la foudre envoya grâce à son arme un déluge d'éclairs que la déesse reçut de plein fouet. Son visage se tordit de douleur durant un court instant, stoppant sa progression durant quelques secondes.

Pourtant, elle fut rapidement envahie par une sensation qu'elle n'aurait jamais imaginée : elle baissa les yeux vers ses mains et découvrit de petits arcs électriques qui filaient entre ses doigts. Elle referma alors les poings avant de se mettre à rire de nouveau. Ce que fixait le roi des dieux l'impressionna.

— C'est incroyable, tu as pris ma foudre de front, et tu es encore debout, commenta-t-il. Pire, tu ne sembles absolument pas blessée ou même diminuée !

— Tu commences à comprendre, vieux crouton, rétorqua la jeune déesse. Vous n'êtes que des reliques que seules des mortelles ignares continuent à adorer. Mais vous n'êtes plus à la hauteur ! Je suis tout simplement votre jugement final, je suis la fatalité, je suis...

— Tu n'es qu'une fille indigne !

Elle se retourna et vit son père qui se tenait à quelques mètres derrière elle. Hespéria remarqua également que les autres divinités avaient mis les voiles, ce qui ne la surprit en rien. Elle ressentait pourtant leur présence et les spectres qu'elles avaient à sa botte lui communiquaient des informations grâce à une télépathie qui leur était propre. Sans se méfier, elle décida d'avancer vers son paternel en générant un immense nuage de fumée obscur au-dessus de tête, tel un voile noir prêt à engloutir toute vie.

— Tu me dois obéissance, s'exclama Hadès. Alors, viens avec moi et nous règnerons ensemble.

— Ce n'est pas ce que tu voulais ? Renverser tes semblables et les avoir sous ton autorité ? s'étonna sa fille. Moi qui croyais que le terrible Hadès était un véritable tyran. En réalité, il n'est qu'un enfant apeuré de vivre dans l'ombre des grands, un petit dieu oublié de tous, méprisé, pathétique !

Hadès restait figé sur place, il n'osait prononcer la moindre parole. Ce fut avec stupéfaction qu'il observa ses frères prendre sa défense. Poséidon, remis de sa lourde chute, brandit son sceptre en poussant un cri puissant, espérant attirer l'attention et faire peur à la jeune femme, qui ne parut aucunement impressionnée.

— Tu es indigne d'être une divinité, clama-t-il, je n'ai jamais vu une telle décadence...

— Ferme-la, le poisson, et retourne dans ton bocal ! riposta la déesse des ténèbres avec une grande satisfaction. Tout compte fait, je vais commencer par toi.

Hespéria tendit ses deux mains en direction du dieu des océans, interloqué par une telle offensive. En une fraction de seconde, des dizaines de soldats cadavériques se ruèrent sur lui, ne lui laissant presque aucune chance. Mais en guise de riposte, un éclair surpuissant s'abattit sur toutes les créatures qui furent aussitôt pulvérisées, ne laissant que des cendres sur le sol marbré.

— Merci, mon frère, le remercia Poséidon, tu m'as probablement tiré d'une situation délicate.

Le dieu des mers reprit alors une posture défensive afin d'affronter de nouveau son adversaire. Zeus en profita pour lancer de nouveaux éclairs directement sur sa nièce en utilisant son arme redoutable. Le fracas fut épouvantable, nul ne pourrait encaisser une telle puissance. Or, Hespéria n'était pas une simple divinité. Ses pouvoirs grandissants lui permirent une nouvelle fois d'acquérir une résistance des plus étonnantes. Sa tenue brûlait à certains endroits, ce qui ne semblait en aucun cas la gêner.

— MAINTENANT ! hurla soudainement Athéna.

Sur cet ordre imprévu, Arès se jeta sur l'intruse en assénant un coup de hache d'une force implacable. La fille d'Hadès l'esquiva au dernier moment tout en se saisissant de son arme légendaire. Elle répliqua avec un brutal coup d'épée et toucha violemment le casque de son assaillant, qui vola en éclat sur le sol. Le dieu de la guerre fit quelques pas de retrait. Son visage se couvrit rapidement d'un filet de sang qui s'écoulait du haut de son front, témoignant de la force de l'impact.

La déesse de la sagesse profita de l'occasion pour percuter avec l'aide de son bouclier la redoutable divinité. À son grand étonnement, elle réussit à la faire chuter au sol. Athéna se releva rapidement et donna

derechef l'ordre de terrasser une fois pour toutes celle qui venait les provoquer en leur divine demeure.
— Père, MAINTENANT !
— Bien joué ! Écartez-vous tous, ça va barder ! tempêta Zeus tout en jetant son arme céleste sur son ennemie.

Son attaque fut d'une telle puissance qu'elle projeta de quelques mètres tous les protagonistes. Un épais nuage de poussière s'était soulevé, masquant la visibilité sur la nouvelle déesse. Tous espéraient qu'elle avait péri à la suite d'une telle offensive. Leur ennemie ne sembla pas refaire surface, ce qui apaisa aussitôt les divinités. Hadès baissa la tête, à la fois triste, mais surtout soulagé que le combat prenne fin. Zeus avançait avec une confiance débordante, arborant fièrement ses impressionnants pectoraux qui faisaient sa fierté et nourrissaient son égo.
— Voilà, le spectacle est terminé ! proclama le roi des dieux. Il faut l'admettre, mon arme est bien la plus puissante au monde, j'ai vaporisé cette maudite folle !
— Vaporisé ? Vraiment ?

Contre toute attente, la voix d'Hespéria s'éleva et répondit avec ironie. Tous virent la poussière se dissiper petit à petit en révélant un véritable cauchemar. La foudre de Zeus se trouvait à présent entre ses mains. De nombreux dards électriques parcouraient le corps de leur redoutable rivale.
— Je n'arrive pas à y croire, susurra la jeune femme en constatant la puissance croissante de ses pouvoirs. Je tiens l'arme du grand Zeus. Je suis tellement forte que

je peux tenir à main nue les éclairs divins de l'Olympe. Je suis devenue votre divinité, implorez ma pitié sur le champ ! Mettez le genou à terre ! ordonna-t-elle.
— Rends l'éclair à mon père, sale pétasse ! s'exclama la fille de Zeus.
— Oh, Athéna... Quel langage des plus inqualifiables, surtout provenant de ta maudite bouche !

Hespéria prit conscience de la situation : ses nouvelles capacités ne cessaient de s'accroître et de s'adapter aux obstacles qui se trouvaient face à elle. Rien ne pouvait l'arrêter, pas même les dieux qu'elle priait jadis. Néanmoins, elle ne pouvait baisser sa garde, ses adversaires restaient des menaces sérieuses. Tandis que la plupart des divinités présentes n'osaient bouger le moindre orteil, la déesse de la sagesse, quant à elle, fit un pas en avant et brandit de nouveau sa lance en direction de leur triomphante rivale.
— Je ne me répéterais pas. Rends l'éclair à mon père ou je t'arrache la tête et les membres ! menaça-t-elle de nouveau.
— Et si je te l'envoyais dans le buffet ?!
— QUOI ?

La déesse des ténèbres jeta l'arme divine directement sur Athéna, et d'un réflexe hors du commun, celle-ci réussit à s'en saisir. Immédiatement, elle ressentit la puissance de la foudre. Les éclairs qui s'en dégageaient parcoururent le corps de la guerrière qui commençait déjà à regretter sa prise. Face à la scène, Zeus, affolé, ne supporta pas de voir sa fille adorée dans une telle posture. Il changea d'attitude au fur et à mesure que les secondes s'écoulaient.

Contre toute attente, Athéna se releva, malgré la douleur, et abandonna sa si précieuse lance et son bouclier qui jonchaient le sol. Les yeux fermés, elle retira son lourd casque et le laissa tomber sur le sol. Elle pencha sa tête pour faire craquer son cou. Lorsqu'elle rouvrit ses paupières, ses yeux étaient devenus bleus, de la même couleur des éclairs qui provenaient de l'arme de son père. Hespéria ne s'en rendait pas compte, mais elle allait devoir faire face à une opposition des plus dévastatrices...
— ARÈS !!!! hurla Athéna à pleins poumons.

C'était le signal que le dieu de la guerre attendait. Avec toute sa puissance, il usa de sa hache afin de frapper au corps Hespéria. Son coup fut prodigieux, Arès réussit à toucher sa cible qui s'effondra par terre, crachant un filet de sang. Sans savoir pourquoi, la fille d'Hadès se sentit très affaiblie. Elle se releva et se saisit de son arme légendaire, afin de reprendre part au combat qu'elle avait initié par son ambition démesurée. Hespéria remarqua rapidement que la gemme qu'avait apposée le dieu forgeron sur son épée venait de changer de couleur, devenant ainsi noire. De nombreuses fissures apparurent autour de la roche, ce qui inquiéta aussitôt la jeune guerrière. Si son épée était brisée, elle perdrait une grande partie de ses pouvoirs. Sous les yeux des Olympiens, l'armée des ténèbres s'évanouit peu à peu autour d'eux, révélant par conséquent la faiblesse grandissante de leur adversaire. Mais il en faudra bien plus pour décourager celle qui s'est juré d'anéantir les dieux.

Dans une décision presque désespérée, Hespéria se rua sur Athéna qui l'attendait de pied ferme. À son contact, elle tenta d'abattre la fille de Zeus avec son épée. Malheureusement, la lame vola en éclat au contact du bras de son opposante. La sinistre et légendaire lame nécromancienne venait de rendre l'âme au pire moment pour Hespéria qui s'était lancée dans ce combat fatal. Elle était à présent démunie et elle ne pouvait plus que compter sur son courage et son modeste Xiphos, qu'elle saisit immédiatement. Athéna répondit avec la foudre de son père et projeta de multiples éclairs, bras tendu. Les dards enflammés et électriques frappèrent sans relâche leur cible et infligèrent de fortes douleurs à leur ennemie.

À leur tour, Apollon et Artémis tentèrent leur chance. Les deux jumeaux décochèrent leurs flèches dans un saut spectaculaire et avec une précision remarquable. La flèche de lumière du dieu guérisseur se logea dans le mollet droit d'Hespéria qui se retrouva de nouveau à terre. Celle d'Artémis se nicha dans la nuque de son adversaire et lui occasionna une brève paralysie. Pour la première fois, la jeune déesse se trouva face contre terre sans pouvoir bouger et se trouvait dans une position de faiblesse plus qu'insoutenable. Désemparée, Hespéria hurla de toutes ses forces, montrant ainsi sa colère et sa rage dans une telle situation.

— Maintenant, il faut s'en débarrasser, ordonna Zeus.

De manière inattendue, Hadès souleva un des piliers du temple qui avait été détruit, et, dans un effort titanesque, il le souleva à bout de bras. Le roi des Enfers se dirigea tant bien que mal auprès de sa fille qui tentait de se relever.

— Pardonne-moi, mon enfant, dit-il à regret, mais tu es beaucoup trop dangereuse pour être libre de tes actes.

— Salopard ! cria-t-elle. Que vas-tu faire ?

Dans un mouvement des plus brutaux, Hadès abattit de toutes ses forces la colonne sur Hespéria et l'assomma violemment, la mettant enfin hors d'état de nuire. Le choc brisa l'édifice en mille morceaux.

Les dieux furent soulagés de ce dénouement inattendu et beaucoup célébrèrent cette victoire avec de grands sourires et des gestes complices. Néanmoins, Zeus et Poséidon gardèrent leur calme habituel et se rapprochèrent de leur frère. Celui-ci était à genoux devant sa fille, profondément attristé par la situation et le geste qu'il venait de faire.

— Je sais ce que vous allez me dire, ne vous en donnez pas la peine... soupira-t-il.

— Hadès, pauvre minable et fou ! rétorqua Poséidon. Il me semble que tu as été condamné à rester aux Enfers. Pourquoi es-tu ici ? Aurais-tu osé fomenter une tentative pour nous renverser ?

Ce fut alors que le roi des océans saisit son propre frère à la gorge. La main de Zeus s'interposa et s'appuya sur son épaule.
— Poséidon, je t'en prie, garde ton calme, intervint Zeus qui fit preuve d'une autorité naturelle. Laissons-lui l'opportunité de nous expliquer ce qui vient de se passer.
— Père, ceci vous revient.
Athéna tenait dans sa main droite l'arme divine la plus remarquable qui soit.
— Tu m'as surpris au-delà de mes attentes, félicita Zeus à l'attention de la déesse. Tu as démontré ce que tu pouvais apporter à chacun d'entre nous.
— Je ne comprends pas, père. J'ai juste fait ce qu'il fallait afin de protéger notre royaume, rien de plus.
— Je ne te gronde en aucun cas, précisa le roi des dieux, je me rends compte qu'il est grand temps que je prenne d'importantes décisions. Mais ce n'est pas l'important pour le moment.
— Nous devons reconstruire ce qui a été détruit, suggéra Apollon.
— Ce n'est pas la priorité, insista Zeus. Toi et ta sœur, je vous demande d'aller voir Aphrodite afin de lui tenir compagnie. Vous aurez même la chance de profiter de son bain, avec un peu de chance.
— Comme vous voudrez, répondit Artémis avec respect.
— J'aillais oublier... Héphaïstos nous a probablement tous sauvés en ajoutant cette modeste gemme sur l'arme qui donnait sa force à notre triste adversaire.

Profitez-en pour le remercier lorsque vous en aurez l'occasion.

Hadès releva la tête afin de s'adresser à son frère et maître des lieux.

— Que vas-tu faire de moi ?

— Je vais te le dire, mais pas ici. Tu vas me ramener aux Enfers avec toi, Poséidon va venir avec nous.

— Bien sûr.

— Durant mon absence, Athéna gérera les affaires courantes, déclara Zeus.

— J'en serais honorée, répondit la déesse de la sagesse en hochant la tête. Mais permettez-moi de faire une demande. J'aimerais beaucoup que cette Hespéria ne soit pas rudement châtiée... Elle n'est qu'une égarée, elle a juste besoin qu'on l'aide, qu'on l'écoute, dit-il avec beaucoup de compassion.

Arès, qui avait encore envie de se battre, proposa avec une certaine impatience.

— Je l'écouterais volontiers une fois qu'elle aura goûté à ma hache, et j'aimerais faire de même avec son père.

— Si tu souhaites verser le sang, attends la prochaine guerre que les hommes mèneront. Choisis un camp et régale-toi. Mais pour l'heure, nous devons nous régler tout cela.

— Oui Zeus, je comprends...

Hadès se releva alors d'une manière peu élégante, toujours très affecté par ce qui venait de se passer. Il était difficile de savoir si c'était à cause de son échec concernant la prise de pouvoir, ou bien de l'acharnement qu'avait eu sa propre fille contre lui.

Pourtant, il était décidé à accepter les conséquences de ses actes.

— Mes frères, prenez ma main, je vous emmène directement dans mon palais. Ah j'y pense, se souvint-il, tu seras gentil, Poséidon, de ne pas engloutir mon royaume, s'il n'y a plus de flammes, le charme des lieux va en pâtir.

Le dieu des mers esquissa un sourire amusé, tout comme les autres dieux. Les trois frères se tinrent la main avant d'être rapidement enveloppés par d'immenses flammes incandescentes et de disparaître.

CHAPITRE 15
LA FIN D'UN ESPOIR

Le temple d'Hadès était calme, personne ne s'y trouvait à leur arrivée. L'atmosphère du sanctuaire n'est pas celle d'un lieu de terreur, mais d'une calme résignation, où le temps semble s'être arrêté. C'est un temple de la fin, où même les dieux ne s'aventurent plus, laissant l'endroit à une éternité de silence et d'obscurité sereine.

Un immense brasier apparut au centre de l'édifice, au pied du trône du maître des lieux. Quatre silhouettes prirent forme au milieu des flammes, l'une d'entre elles était allongée à leurs pieds. Une fois que la fournaise eût fini son œuvre, les trois frères apparurent dans toute leur splendeur. Hespéria, quant à elle, gisait sur le sol, face contre terre. Poséidon avait pris le bras de cette dernière afin de permettre son déplacement dans les Enfers. Hadès étant revenu dans son antre, son trône s'anima avec une lueur incandescente, lui accordant l'usage de l'intégralité de ses pouvoirs.

— Cet endroit me paraît tout à fait accueillant, commenta Poséidon avec un certain étonnement.

— J'avoue que je m'attendais à des hurlements de la part des âmes tourmentées, ajouta Zeus.

Hadès eut un léger sourire. Il comprit aisément tous les clichés que les autres divinités pouvaient avoir sur le lieu où il règne.
— Comme quoi les clichés ont encore de l'avenir... rétorqua le dieu des Enfers. Je suppose que je dois m'attendre à recevoir mon châtiment.
— Il sera plus qu'exemplaire, et je dois bien avouer que cela me chagrine, mon cher frère, lui répondit Zeus.
— Tu es le roi parmi les rois, je me plierai à ta volonté et j'assumerai mes torts. La seule chose que je regrette, c'est d'avoir osé mêler mon propre enfant à mes sombres ambitions.
— Je suppose que tu ne pouvais pas prévoir ce qui allait advenir de cette fille, mais comme vient d'annoncer Zeus, renchérit le seigneur des mers, nous ne pouvons tolérer la moindre menace.
— Permets-nous de nous mettre à l'écart quelques instants, formula le roi de l'Olympe, afin que...
— Non ! hurla Hadès.
— Comment oses-tu faire un nouvel affront à...
— Non Poséidon, il n'y a pas à en débattre, justifia le maître des lieux. Enfermez-moi, dans le Tartare s'il le faut. Mais vous devez à tout prix empêcher ma fille de faire parler d'elle de nouveau. Cette enfant est emplie de haine et de souffrance, elle est dangereuse pour tout ce qui existe, même pour elle-même.

Zeus et Poséidon restèrent muets durant un court instant, et se lancèrent chacun dans une grande réflexion. Pendant ce temps, Hadès reprit sa place sur son trône, et en profita pour laisser glisser sa main

droite sur l'accoudoir de son siège. Une profonde nostalgie commença à l'envahir, chacun des moments qui lui étaient chers. Mais il le savait, son destin allait s'imposer à lui à la suite de ses erreurs et de ses ambitions démesurées. Ses deux frères ne perdirent pas leur temps à de longues conversations, ils savaient ce qu'ils avaient à faire. Zeus s'approcha lentement d'Hadès pour lui annoncer son sort.
— Je pensais que cela t'aurait suffi, de régner sur les Enfers, déplora Zeus. Mais tu as osé te rendre sur l'Olympe pour me renverser.
— Abrège, je n'ai pas besoin de ton serment.
— Nous allons t'emmener dans le Tartare avec ta fille, tu y seras emprisonné pour l'éternité.
— Je vois, je m'y attendais.

Hadès baissa la tête et serra les poings. Toutefois, de nombreuses questions le préoccupèrent aussitôt.
— Que va devenir ma fille ? demanda-t-il.
— Nous allons lui offrir un châtiment des plus exemplaires, affirma Poséidon. Elle sera enchaînée à toi, à jamais.
— Nous pourrons nous libérer facilement.
— Ce que je ne t'ai pas dit, c'est que nous allons te changer en pierre, précisa le roi des océans.
— C'est cruel. Mais je trouve l'idée acceptable aux vues de la gravité de nos actes, admit Hadès. Qui va prendre ma place ?
— Ton épouse, Perséphone, connaît les lieux et est très respectée, lui dit Zeus. Je pense sincèrement qu'elle

fera du très bon travail. Il faudra évidemment lui en parler.

— Mon épouse... rétorqua le dieu des Enfers en esquissant un sourire. Elle a toujours eu envie d'exercer de grandes responsabilités et du pouvoir. Elle en sera ravie, elle a ma bénédiction. Plus rien ne me retient ici, je suis prêt à vous suivre. Zeus ne put s'empêcher d'ajouter d'un air désemparé.

— Mais qu'est ce qui t'a pris de vouloir à tout prix défier ta propre famille, pauvre idiot ?! Tu pensais vraiment nous battre ?

— Non Zeus, je crois que ce que j'espérais, c'était de me libérer de mon isolement, je voulais...

— Tu cherchais le respect de tes pairs, ce qui était le cas, marmonna Poséidon.

Hadès se leva alors de son trône et laissa ses doigts glisser sur son siège, comme une dernière étreinte. Il redressa la tête et afficha un air déterminé, prêt à recevoir son châtiment. Poséidon posa sa main droite sur son épaule, lui témoignant une certaine affection. De son côté, le roi des dieux garda ses distances, affichant un regard accusateur et glacial. Il était grand temps de se rendre dans le lieu qui leur servirait de prison éternelle.

— Hadès, nous devons y aller. Ouvre-nous un passage vers le Tartare, ordonna Zeus.

— Oui.

Le dieu des Enfers tendit le bras droit vers l'un des murs de son temple et, en un instant, un gigantesque feu se répandit sur les roches pour faire apparaître une porte des plus énigmatiques et des plus fascinantes. Cette dernière laissait apercevoir un autre lieu, sombre et mystérieux.

— Suivez-moi, n'entrez pas en contact avec les flammes, précisa Hadès.

Zeus saisit Hespéria par le cou d'une seule main, la manipulant comme une poupée, sans aucun respect ni compassion. Il la traitait comme un vulgaire geôlier emmenant un condamné à des tourments éternels. Elle était toujours inconsciente et semblait se reposer paisiblement.

Les dieux passèrent le portail magique enflammé et arrivèrent devant une immense porte de pierre, recouverte d'une gravure sublime représentant la Titanomachie et les exploits des plus grands dieux. Zeus se permit de prendre les devants et posa sa main sur l'un des battants. Il ferma les yeux et inspira profondément.

— Cela fait si longtemps que ces portes n'ont pas été ouvertes, soupira-t-il. Nous avions été d'accord tous les trois pour ne plus jamais revenir en ces lieux... J'aimerais savoir où nous avons échoué...

— C'est moi qui ai été faillible, mon frère, rétorqua Hadès qui n'en menait pas large. J'ai été aveuglé par mes ambitions et ma jalousie envers toi. Allez, finissons-en !

— Pousse la porte, Zeus, lui dit Poséidon qui voulait également en finir rapidement. Il est temps de mettre un terme à tout ceci.

Le roi des dieux s'exécuta et usa de sa force physique pour parvenir à ouvrir une telle entrée. La pierre massive de la porte craqua à de multiples endroits, attestant ainsi qu'elle avait été scellée il y a des millénaires. Après l'impressionnant bruit qui se fit entendre lors de l'ouverture, un spectacle des plus mythiques s'offrit aux dieux : l'intérieur du Tartare.

Ce dernier est un abîme sans fin où règne une obscurité oppressante. Là, le sol est composé d'une terre noire et rocailleuse, craquelée par des rivières de lave rougeoyante qui serpentent à travers les ombres. Des montagnes déchiquetées se dressent comme des dents affûtées, s'enfonçant dans un ciel sans étoiles, éternellement voilé par des nuages sombres et orageux. L'air y est lourd et toxique, chargé d'une fumée âcre et de cendres qui brûlent la gorge et obscurcissent la vue. Le rugissement incessant des vents glaciaux résonne à travers les cavernes béantes et les ravins profonds, mélangeant leurs hurlements aux cris des damnés éternellement torturés pour leurs crimes contre les dieux. Des chaînes massives, forgées par les Cyclopes eux-mêmes, sont suspendues à d'énormes piliers de roche noire qui retiennent des titans déchus et des âmes perdues condamnées à un supplice sans fin. Au cœur de cette désolation, repose enchaîné l'incarnation même de cet abîme : le géant Tartare, dont les yeux brûlent de haine et le souffle est capable de réduire en cendres tout ce qu'il touche. Son pouvoir, bien qu'entravé, se manifeste par des tremblements de terre soudains et des tempêtes de flammes, rappelant sans cesse la terreur de cet endroit maudit.

Zeus se sentait assez mal à l'aise dans cet endroit. Tout ce qui s'y trouvait y était en partie grâce à lui. De son côté, Hadès prenait le temps de regarder chaque recoin et s'imaginait déjà partager l'éternité avec ceux qui y gisaient déjà. Il leva le bras droit et pointa du doigt un espace qui semblait se tenir au pied d'un être surpuissant.

— Tu ne penses tout de même pas que l'on va te mettre ici, décréta le roi des mers d'un air narquois.

— Poséidon, sache que je n'ai jamais apprécié tes opinions, encore moins tes actes, répliqua Hadès. Mais il s'agit de ma dernière demeure, je souhaite qu'elle soit au pied de notre père.

— Ouranos, ce fou... souffla Zeus en le contemplant. Très bien, nous allons te mettre ici, concéda-t-il. Prépare-toi, tu vas ressentir...

— Peu importe, promettez-moi juste une petite chose.

— Quoi donc ? demanda le roi des dieux en posant sa main sur l'épaule du condamné. Hadès formula alors avec gravité :

— Si par je ne sais quelle magie ma fille parvient à se libérer, ne lui laissez aucune chance et débarrassez-vous d'elle. C'est une monstruosité.

— C'est surtout ta fille, tu lui as offert la haine et tes ambitions ridicules, marmonna Poséidon. Comment as-tu pu lui faire ça ?

— Le roi des poissons a raison... C'est toi qui es le plus fautif dans cette triste histoire. Elle aurait pu exercer de

grandes responsabilités... Au lieu de cela, elle va souffrir à jamais, enchaînée à ton corps de pierre...
— Roi des poissons... Comment ça, roi des poissons ?! Je suis le dieu des océans ! rétorqua Poséidon d'un air bougon.

Ses deux autres frères se mirent à rire de bon cœur, amusés par cette petite blague. Mais l'heure n'était désormais plus à la plaisanterie. Le dieu des Enfers se permit de s'avancer vers Zeus en lui tendant la main, que ce dernier serra avec respect, avant de serrer son frère dans ses bras.
— Je suis désolé de tout ce qui s'est passé entre nous.
— Je sais, si un jour tu as besoin de moi, je serai ici à attendre.

Poséidon se contenta d'un franc sourire, presque complice. Hadès le lui rendit et se dirigea vers une paroi rocheuse. Il prit le temps pour prendre une grande inspiration et lança un dernier regard pour sa fille qui gisait inconsciente sur le sol.
— Tu es prêt ?
— Oui, allez-y... Je voulais juste dire que j'aurai adoré être parmi vous tous, sur l'Olympe.
— Il nous fallait bien un gardien pour l'au-delà, conclut Zeus tout en préparant le sort qui allait faire de son frère un roc éternel.

Ses deux frères usèrent de leurs pouvoirs afin de réaliser la sentence qu'ils avaient décidée. Puis en quelques secondes, Hadès ne devint plus qu'un souvenir, son corps changé en pierre. Il allait rester immobile avec tous les autres prisonniers du Tartare.

Durant de longues minutes, les deux dieux de l'Olympe s'employèrent à enchaîner Hespéria contre son père, faisant écho au supplice que subissait le fameux Prométhée, puni pour avoir donné le feu aux hommes. La jeune déesse était enfin maîtrisée par des chaînes d'une résistance à toute épreuve. Elle ne pouvait plus bouger le moindre centimètre sans ressentir des douleurs insoutenables, la forçant à rester dans la même position à jamais. En position debout et les bras écartés, seule sa tête pouvait légèrement remuer.

Les deux frères finirent leur ouvrage en utilisant tout ce qui était à leur portée pour sécuriser au maximum les lieux. Malgré tout, ils furent très touchés par ce qu'ils venaient d'accomplir.
CLING CLING !!!

Au même moment, la jeune déesse commença à reprendre connaissance. Ce fut avec horreur qu'elle découvrit face à elle ses deux oncles qui la dévisageaient avec une certaine compassion. Hespéria tenta de bouger, mais elle comprit rapidement qu'elle était prisonnière et qu'elle ne pouvait se mouvoir d'un seul centimètre. Confuse et remplie d'une vive rage, elle se mit à questionner ses assaillants.

— Mais c'est quoi ce délire ?! Je suis où ?! s'écria-t-elle. Qu'avez-vous fait de moi, bande de sales…

— Calme-toi, lui ordonna Zeus avec sa voix puissante.

— Me calmer ?! Mais tu rêves, espèce de vieux débris !!! Dites-moi ce que vous m'avez fait ou je vous extermine !!!

— Sans ta fichue épée, ce sera difficile, sans compter que les chaînes qui te maintiennent et ne te permettront pas d'user de tes pouvoirs... lui expliqua Poséidon.

— Je n'ai que faire de tes explications, tête de poulpe ! Rien ne peut me retenir ! Je suis la grande Hespéria ! Je suis immensément supérieur à vous tous !!!

— Silence, tu n'es plus rien du tout, maudite folle ! rétorqua Zeus en perdant toute compassion. Tu es enchaîné à ton propre père au milieu du Tartare, au pied d'Ouranos pour être très précis. Tu vas subir un châtiment éternel...

Pour la première fois de sa vie, la jeune déesse ressentit un sentiment qu'elle n'avait jamais connu. Se sentant prisonnière et sans solution, elle perdit tout espoir et n'eut alors pas d'autres choix que d'accepter son sinistre sort. Elle se mit à hurler de rage, des larmes coulaient sur ses joues.

— Tu vas pouvoir t'époumoner autant que tu veux... Seule, ajouta Zeus en prenant le chemin de la sortie.

Poséidon regarda une dernière fois la jeune femme qui ne cessait d'hurler sa douleur et sa haine. Il marcha dans les pas de son frère et regagna lui aussi la sortie du Tartare. Avant que les portes ne se referment lourdement, une ultime invective d'Hespéria résonna jusqu'à eux.

— Je m'échapperai d'ici !!! Et je vous tuerai jusqu'au dernier !!!! promit-elle.

CLACK !!!

L'endroit fut de nouveau verrouillé, ne laissant échapper plus aucun son. Le silence régna de nouveau en maître avant d'être derechef interrompu.

— Alors messieurs, avez-vous terminé votre besogne ?

Les deux frères se retournèrent et aperçurent Perséphone, rayonnante et souriante.

— Ma chère belle-sœur, tu es d'une beauté incomparable aujourd'hui...

— Toujours aussi flatteur à ce que je vois, Zeus. J'ai été assez étonnée d'avoir été convoquée ici même par Athéna. De quoi s'agit-il ?

Durant de longues minutes, Zeus expliqua les derniers évènements ayant touché l'Olympe, ainsi que les conséquences qui en avaient découlé. Elle apprit avec étonnement le nouveau rôle qui venait de lui être confié. Ils lui donnèrent toutes les instructions à savoir et passèrent de nouveau par le portail ouvert par Hadès, leur permettant de retourner aux Enfers dans le temple.

À la suite des grandes révélations que lui avait faites le roi des dieux sur sa nouvelle fonction, Perséphone prit un instant pour s'assoir sur le trône de son mari. Une fois confortablement assise, elle ne put s'empêcher de sourire, comme si elle avait attendu ce moment depuis bien longtemps. Néanmoins, un détail la chiffonnait.

— J'ai juste une question, ou du moins, une requête, si cela est possible.

— Je ne vois pas ce que je peux t'accorder de plus, ma chère enfant, la questionna Zeus.

— Cela fait bien longtemps que vous n'avez pas eu une attitude paternelle à mon égard, j'en suis agréablement surprise.

— Dis-moi juste ce que tu souhaites, nous devons retourner sur l'Olympe.

— Bien sûr. Je sais que mon époux avait négocié six mois à la surface afin que je puisse revoir ma mère, commença-t-elle.

— Oui en effet, je n'avais pas du tout pensé à ce détail. Désormais, tu règnes sur ces lieux, je peux donc te suggérer de trouver un moyen pour que ta mère vienne à sa guise. Mais je ne veux en aucun cas que cela perturbe le cycle des moissons des hommes, suggéra le roi de l'Olympe. Il en va de leur survie, après tout.

— Je serai prudente sur ce point, j'en fais le serment !

Perséphone était de plus en plus ravie de la tournure des derniers évènements. Sans le moindre effort, elle se retrouvait au-delà de toute espérance vis-à-vis de ses ambitions personnelles. Elle décida de prendre congé à sa manière d'une manière des plus élégantes.

— Sachez qu'il me reste fort à faire avec les nouvelles âmes qui arrivent par le Styx, je vais donc vous ouvrir un portail vers la surface, je vous laisse le franchir. Au plaisir de vous revoir, vous serez toujours tous les bienvenus, même vivants...

D'un geste maîtrisé, elle projeta une boule de feu contre l'un des murs du temple, qui forma en quelques secondes une autre porte magique. Une fois la tâche accomplie, Perséphone se laissa recouvrir de flammes avant de disparaître. Les deux frères furent très impressionnés par la manipulation précise des pouvoirs enflammés de la nouvelle maîtresse des lieux. Zeus resta sur place et ne se dirigea pas tout de suite vers la sortie, son esprit était plongé dans ses pensées. Poséidon posa sa main droite sur son épaule pour le faire revenir à lui.

— Allons, il est temps de retourner à nos occupations.
— Oui tu as raison, c'est juste que...
— Je sais, je sais... Une lourde page vient d'être tournée...
— Ai-je fait le bon choix ? Quelles seront les conséquences de mes actes ? s'interrogea Zeus.
— Nous devons toujours protéger les nôtres. Tu le sais depuis la Titanomachie. Leurs destins étaient scellés au moment où ils ont entrepris leurs méfaits. Tu n'as rien à te reprocher... le rasséréna Poséidon.
— En réalité, si... Il y a des années, je me souviens avoir entendu ses prières... J'ai décidé de ne pas en tenir compte et de les ignorer...
— C'est du passé... Viens, rentrons, éluda le roi des océans.

Les deux frères franchirent ensemble le portail qui se referma immédiatement derrière eux. Ils se trouvaient à l'entrée de la grotte menant au monde souterrain. Toutefois, leur route allait devoir de nouveau se séparer.

— Je dois retrouver les mers, déclara Poséidon. Si tu as besoin de moi, je serai là.

— Merci mon frère. Je viendrais te rendre visite quand j'irai sur l'île de Crète, annonça Zeus avec un franc sourire. Ah ! Je pense à cela. Pourras-tu rendre visite à Aphrodite ? Elle a besoin de soutien en ce moment.

— Oui bien sûr, à bientôt !

Après une franche accolade, Poséidon se mit en marche en direction de la mer Égée qui n'était qu'à quelques heures de marche. De son côté, Zeus se changea en aigle et s'envola vers le sommet du royaume des dieux.

Les dégâts qu'avaient subis les temples des dieux étaient colossaux. Les divinités étaient déjà au travail et utilisaient leurs capacités pour rebâtir le plus rapidement possible. Hermès, qui se situait en hauteur d'une des colonnes de son précieux édifice, aperçut un aigle majestueux s'approcher à toute vitesse. Il le reconnut aussitôt.

— Zeus est de retour !

Tous cessèrent instantanément leur activité et se réunirent sur la grande place, au pied d'une magnifique fontaine. Athéna fut la dernière arrivée, exténuée. Un immense éclair foudroya l'oiseau et permit la transformation spectaculaire du maître des lieux. Apparaissant sous son meilleur jour, il ne put s'empêcher de faire son intéressant.

— Alors ? C'est qui le plus classe de tous ? demanda Zeus en prenant une pose assez ridicule.

— Comme toujours celui qui en fait trop, marmonna Arès qui ne fut toutefois pas mécontent de le revoir.

— Ba moi je levé mon verre pour le wroi des RRRRRRRRR ! ajouta Dionysos avec un rot magistral.

Tous se mirent à rire aux éclats. Néanmoins, le point devait être fait sur les derniers incidents et leurs conséquences sur la vie du mont Olympe.

— Père, j'espère que vous avez de bonnes nouvelles, lui demanda Athéna avec une légère crainte.

— Oui, la rassura-t-il aussitôt. Hadès et Hespéria sont dorénavant emprisonnés dans le Tartare. C'est une décision lourde, je le sais, mais il nous fallait écarter définitivement toute menace. Au fait, je ne vois pas Apollon et encore moins Artémis, remarqua le maître des lieux.

— Ils sont repartis il y a peu. La noble chasseresse voulait retrouver ses nymphes au plus vite, expliqua Hermès qui était toujours bien informé.

— Je la comprends. Cependant, j'aurais aimé vous l'annoncer à tous. D'ailleurs, j'ai une très importante décision à vous révéler.

Les Olympiens retinrent leur souffle, car il était très rare que le grand Zeus ait une annonce majeure à formuler. Il fit signe à sa fille de le rejoindre, ce qu'elle fit timidement. Il leva son bras droit afin d'invoquer sa si précieuse et puissante foudre. Cette dernière apparut dans le ciel avant de frapper sa main. L'arme était bien là, débordante de pouvoir et d'énergie, fermement tenue par son propriétaire. Celui-ci déclara enfin.

— Vous me connaissez et mes ennemis me craignent grâce à ma foudre. Elle est un symbole de ma puissance, mais surtout de mon autorité sur vous tous. Mais ce temps-là est derrière moi. Aujourd'hui, je ne veux plus endosser ce rôle, je cède ma place !

— HEINNNN ?! s'exclamèrent les divinités, interloquées.

Seul Dionysos ne réagit pas, il se trouvait de nouveau par terre et complètement ivre.

— Mais père, que dites-vous ? questionna la déesse de la sagesse, très confuse.

Au même moment, Zeus tendit la foudre à sa fille pour qu'elle s'en saisisse.

— Athéna, c'est désormais à toi de gouverner les dieux, déclara-t-il. Tu as ce que je n'ai jamais eu, la sagesse. Tu as démontré ton courage contre cette menace obscure qui a bien failli nous anéantir. Tu es prête.

— Il a raison, acquiesça Arès.

— Mais je ne peux tenir une telle arme, balbutia Athéna.

— Tu l'as utilisé lors de ton dernier combat. Crois-moi, tu peux la saisir et la revendiquer.

Hésitante, elle tendit lentement la main vers cette dernière sans la moindre conviction. De petits éclairs entrèrent aussitôt en contact avec ses doigts, ne lui procurant aucune douleur. La sensation était presque agréable, enivrante. Athéna finit par la saisir pleinement, mais avant de le lui céder pour de bon, Zeus chuchota à son oreille.

— Tu devras tout de même être un peu moins capricieuse et accepter que l'on puisse faire mieux que toi. Règne avec sagesse et bonté, ce que je n'ai pas vraiment réussi à faire...

— Je ferai de mon mieux.

À son tour, elle brandit l'arme divine avec une grande élégance. D'innombrables éclairs se mirent à parcourir les nuages qui se dressaient au-dessus de ce royaume céleste, et s'accompagnèrent d'un puissant tonnerre.

— Je pense qu'il est temps pour moi de partir, annonça Zeus avec soulagement.

— Mais pour aller où ? l'interrogea sa fille et désormais souveraine.

— Utilise tes capacités pour obtenir cette information, Hermès.

Ce dernier hocha la tête suite à sa demande. Avant de prendre congé, l'ancien roi posa sa main sur la joue de sa fille pour lui montrer son affection, qu'elle rendit avec un sourire radieux et reconnaissant. Il se changea en aigle et quitta enfin les lieux.

— Et maintenant, on est censés faire quoi ? interrogea Arès.

— Terminons les travaux de reconstruction et chacun d'entre nous reprendra ses activités habituelles, déclara la nouvelle souveraine de l'Olympe. Je sens que l'orage arrive, nous devons nous tenir prêts à ce qui se prépare dans les ombres.

Les hurlements incessants d'Hespéria résonnaient sans relâche dans le sombre Tartare. Elle continuait à se débattre, bien que les chaînes qui la maintenaient entaillaient sa peau et la blessaient à de multiples endroits sur son corps. Toutefois, elle finit par stopper ses cris, du moins durant un court instant. Son sang s'écoulait lentement le long de ses membres endoloris, ses bras étaient profondément entaillés par le métal des chaînes qui lui lacéraient la peau.
— Enfin, tu arrêtes ton mélodrame pathétique !
— Qui est là ??? Montrez-vous, sale lâche !

Soudain, une vaste fumée sombre apparut devant la jeune déesse et se matérialisa en une sublime femme aux cheveux noir de jais.
— Mère, c'est bien vous ? reconnut Hespéria.
— Tu m'as déçue, tellement déçue... susurra doucement l'interpelée. Tant de pouvoirs et de possibilités que tu as jeté comme une malpropre, maudite fille inqualifiable !
— Libérez-moi et je vous garantis ma victoire sur ces gros cons de dieux !
— Cesse de parler ! Tu as amplement mérité ce sort, cracha Nyx. Cependant, j'ai envie de te laisser une nouvelle chance... Mais pour cela, tu devras sortir d'ici toute seule.

Cette proposition redonna un élan d'espoir à la prisonnière, qui l'interrogea pour en savoir plus.
— Et comment je peux faire ? Regardez-moi, je ne peux pas bouger !

— Tu es ma fille, une descendante de l'obscurité. Arrête d'hurler et réfléchis, tu me trouveras quand tu seras prête...

À la suite de ces explications des plus énigmatiques, Nyx se couvrit de sa cape avant de se volatiliser. De nouveau seule avec comme unique compagnie ses pensées les plus démesurées, Hespéria en avait le cœur net. Un beau jour, elle sortirait de cet Enfer...

— Profitez de vos misérables vies... Bientôt, je vais venir vous démembrer les uns après les autres, saletés d'Olympiens...

FIN.. ?

REMERCIEMENTS

Je n'ai pas de mots pour remercier tous ceux qui me soutiennent dans la création de mes aventures littéraires. J'ai pris un plaisir immense à écrire l'aventure d'Hspéria qui je l'espère, vous aura conquise.

Je remercie chaleureusement ma famille, mes amis et bien sur celle qui partage mon chemin de vie.

Mais surtout, un immense merci à vous, mes chers lecteurs qui suivez mes aventures au fur et à mesure de mon imaginaire et de ms écrits. Je vous réserve encore tant d'aventures !

A PROPOS DE L'AUTEUR

Bonjour, je me nomme Romuald Male et je suis l'auteur de la saga « Dragalon » ainsi que du roman mythologique « Hespéria ». Je suis né le 15 décembre 1986 à Montmorillon. Je suis français et je réside à Tours (37).

Depuis mon adolescence, je m'imaginais dans un monde de fantasy afin de m'endormir. Très vite, l'idée d'écrire un livre germa dans mon imaginaire, mais je ne m'en sentais pas capable, faute de temps et surtout d'un manque de confiance en moi. Il m'aura fallu deux longues décennies pour tenter ma chance et créer mon tout premier univers, Dragalon.

Ce que je souhaite à travers mes romans, c'est avant tout permettre au lecteur une immersion fantastique dans un monde imaginaire, qui lui permette d'oublier la pression de notre société mais surtout, trouver de l'émerveillement et de la joie.

Je vous souhaite à toutes et tous, une merveilleuse lecture dans les mondes fantastiques que je vous propose, que ce soit à Dragalon ou bien dans la Grèce antique au côté de la terrible Hespéria.

Pour me suivre : Instagram : romualdmaleauteur